Mariannig Larc'hantec

Meurtre au Festival Interceltique

Polar

GROIX ÉDITIONS
& DIFFUSION

Les principaux personnages

L'équipe du festival Interceltique de Lorient :
- Pierre-Marie De Fontenelle : président et président du club K.
- Marc Gaubert : directeur.
- Bérénice De Folle Vallée : attachée de presse.

L'orchestre :
- Patrick : chef d'orchestre.
- Jules Bérard : violoniste.
- Nolwenn De Fontenelle : premier violon solo, fille du président du festival.
- Aurélie Le Breton : altiste.
- Marie Le Goff : harpiste.
- Luc : régisseur.

L'équipe policière :
- Edgar Le Dantec : commissaire.
- Gildas Le Doussal : capitaine.
- Gwendal Bellec : lieutenant.
- Eliot Duchemin : lieutenant.
- Pascal Le Bot : lieutenant.
- Pol Kermarrec : capitaine-informaticien.
- Fabienne De Kersabiec : commandant, médecin légiste.
- Guillaume Dubreuil : gardien de la paix.

Les forains :
- Diego Saolo : responsables des autos tamponneuses.
- Kevin Debord : responsable du train fantôme.

Autres :
- Cécile Le Goff : mère de Marie Le Goff, la harpiste.
- Dylan Kerner : un dealer.
- Daniel Jegouzo : un dealer.

Introduction

Depuis plusieurs jours, déjà, le soleil brille sur la ville aux cinq ports. Cette qualification est à elle seule, une invitation au voyage, un rêve d'évasion. Nous sommes dans la période la plus chaude de l'été. Le bleu des toits d'ardoise offre un élégant contraste aux murs blancs des maisons bretonnes. L'eau du bassin à flots scintille sous les bateaux qui se balancent tranquillement au gré du clapot du matin. La légère brise d'été secoue les drisses et les écoutes[1] qui sonnent joyeusement en frappant contre les mâts.

Lorient frissonne. Dans quatre jours le Festival Interceltique lancera sa nouvelle édition. La ville a revêtu ses habits de fête. Des barnums sont disposés dans les endroits stratégiques. De petits chalets de toile, soigneusement alignés, attendent leurs commerces éphémères. Les insignes qui fleurissent sur les poitrines, permettent d'identifier les femmes et les hommes engagés, le temps d'une saison, dans l'organisation de la grande fête. Les régisseurs professionnels, munis de leurs talkies-walkies, s'affairent autour des multiples scènes dispersées dans la ville.

La logistique a pris ses quartiers au Palais des Congrès. Cet édifice emblématique de la ville de Lorient, est le cœur du festival.

Depuis quinze jours circulent jour et nuit dans cette ruche,

1- Termes de marine désignant les cordages, mot que les marins n'utilisent jamais.

des administrateurs, des techniciens, des livreurs. Quelques journalistes en mal de scoop arpentent les marches du palais.

Tous les matins, depuis déjà plus d'une semaine, Marc, le directeur du festival réunit au dernier étage du bâtiment, son groupe de responsables : ils doivent régler les détails de chaque lieu, de chaque évènement, de chaque concert, l'arrivée de chaque délégation étrangère, le séjour de chaque artiste. Ensemble ils mettent en place les équipes de bénévoles. Le système est parfaitement huilé.

Les Lorientais, fiers de leur festival, se pressent chaque année plus nombreux à la porte du palais pour endosser, pendant quelques jours, la fonction de responsable de salle de spectacle, d'hôtesse d'accueil, de barman ou de chauffeur d'artiste. C'est même avec une pointe d'orgueil que les nouveaux venus arborent leur badge blanc cerclé de noir, attribut de leur fonction.

Les livreurs de bière, de cidre, de soda, mais aussi de champagne, de whisky écossais et irlandais, de cidre asturien et galicien, sont à pied d'œuvre tôt le matin, tandis que l'après-midi, des camions apportent du matériel informatique, du mobilier, ainsi que des éléments de décoration et même des oeuvres d'art qui seront exposées, le temps du festival, sous un chapiteau dédié. C'est un monde qui déménage !

Le cabinet médical, placé sous la direction de médecins bénévoles, doit lui aussi être pourvu en matériel. Les artistes et les festivaliers trouveront là des soins professionnels ainsi qu'un certain réconfort en période de stress ou d'abus culturels gastronomiques. En effet il ne faut pas négliger les conséquences du croisement de ces expériences sur des organismes inaccoutumés.

Sous l'œil de lynx de Bérénice, l'attachée de communication, les techniciens spécialisés montent de toutes pièces la salle de presse, vérifient le fonctionnement des ordinateurs, assurent branchements téléphoniques et connections à Internet. Rien ne doit faire défaut à la communication. Les journalistes sont reçus comme des princes, si possible chacun dans sa langue. Au Festival Interceltique de Lorient, on parle officiellement quatre langues : le français, l'anglais, l'espagnol et le breton. Une vingtaine d'étudiants, experts dans ces langues et leurs dialectes, sont recrutés, comme interprètes bénévoles pour ce seul service. Juste à côté de la presse, la cellule météo occupe une place centrale. Un responsable, en liaison directe avec l'observatoire météorologique de la base aéronavale de Lann-Bihoué, surveille heure par heure les caprices du ciel. Un festival de cette ampleur en Bretagne, est un vrai défi lancé aux éléments. Il faut continuellement prévoir des zones de repli si l'on veut éviter l'annulation de dernière minute.

Contrastant avec ce déploiement de lieux officiels, la petite caravane de « Festi-celte » a investi ses deux mètres carré réservés dans le jardin du Palais. Ce petit quotidien, fruit d'une alliance entre *Ouest-France* et le *Canard Enchaîné*, retrace tous les jours avec humour les éléments marquants, les faux pas et les vrais succès des uns et des autres. Il est une institution dans l'institution.

Pour chaque lieu affecté à la production artistique, le festival crée un espace de convivialité : les artistes, leurs agents, les journalistes doivent être reçus avec déférence et considération. Chaque loge d'artiste est dotée d'un réfrigérateur bien garni et de quelques fauteuils confortables. De nombreux contrats se règleront dans ces espaces éphémères.

Déjà les voitures de luxe destinées à véhiculer les plus célèbres interprètes de l'affiche, sont garées devant l'édifice. Tout cela demande une organisation réglée au cordeau.

De l'autre côté du port, le barnum des industriels, que tout le monde au festival connaît sous le nom de « Club K », est prêt pour accueillir les chefs d'entreprise des pays celtes dans un luxe très raffiné. Les jardiniers de la ville disposent artistiquement des plantes vertes de très grande taille, créant ainsi de toutes pièces un espace vert, lui aussi éphémère. L'équipe technique du festival procède aux derniers essais de sonorisation du lieu. C'est une gageure que de donner une allure feutrée à une grande tente, plus destinée à abriter des concerts de rock, qu'un club de respectables industriels qui règleront là les derniers détails de contrats inédits. Le club K est une vitrine de la santé économique des pays celtes. Dans cet espace se nouent chaque année des alliances dont personne n'aurait jamais osé rêver. Le président du club K, Pierre-Marie De Fontenelle – tout récemment élu président du festival – est chargé de la bonne marche de cet espace. Il est lui-même négociant en champagne français et en whisky écossais. Il est à l'origine de ce salon dont il a pris la direction depuis sa création.

Ventre affamé n'a pas d'oreille dit la sagesse populaire. Les lieux de restauration font l'objet d'attentions particulières. Alors que le Village Celte trône au milieu du festival, juste derrière le palais des congrès, des restaurants proposant des plats traditionnels des différents pays, sont disposés dans un parcours savant menant d'une nation celte à l'autre. Chaque délégation a à cœur de présenter son pays dans ses spécialités gastronomiques autant que dans sa dimension artistique, même si les recettes nous semblent parfois discutables. Une culture passe aussi par là, le festival ne l'oublie pas. Dis-moi ce que tu manges, je te dirai d'où tu viens.

Lorsque se prépare cette grande manifestation, apparaissent à Lorient des groupements d'individus connus sous l'appellation de festivaliers. Il y a plusieurs sortes de festivaliers : certains sont des jeunes gens – parfois des anciens jeunes, qui ont commencé leur vie de festivalier voilà déjà longtemps – passionnés de musique celtique. Ils s'accommodent, pour manger et pour dormir, des « moyens du bord ». Arrivés à pied, en auto-stop ou dans des véhicules aussi improbables que bariolés, ils participent largement au succès de la grande fête des nations celtes.

Le festival attire également une population plus intéressée par la simple notion de fête, quelle qu'elle soit. Ces hommes et ces femmes, souvent jeunes, entament au printemps une transhumance qui les conduit à travers la France et même l'Europe, d'un festival à l'autre. L'Interceltisme est un fait culturel très vivant aux rites et coutumes établis. Il compte de nombreux adhérents. Le Festival de Lorient en est l'incontournable rendez-vous. Ces aventuriers de la culture et de la fête sont donc parfois plus perturbateurs que participants. Pourtant ils font partie des réjouissances.

De l'autre côté du Palais des Congrès, se dresse fièrement la grande roue, reine incontestée de la fête foraine, installée là pour l'été. Elle est entourée de manèges traditionnels comme les auto tamponneuses, le train fantôme ou les montagnes russes. Quelques nouveautés sont proposées chaque année au public lorientais. La gastronomie foraine a son charme et ses spécificités. Elle oscille de la pomme d'amour au sandwich jambon-mayonnaise en passant par une déclinaison de gaufres, de barbe à papa, de produits gras ou sucrés qui font la joie des jeunes et des moins jeunes.

Les deux fêtes se côtoient régulièrement chaque année, provoquant parfois quelques conflits. Les groupes de rock le disputent aux cornemuses et autres gaïtas pour animer les bars ouverts toute la nuit. Le son des forains est alors submergé par celui du « festival off ». Les attractions foraines volent parfois la vedette aux spectacles de l'après-midi. Entre un spectacle de contes ou une visite à la galerie d'art installée par les Gallois et un tour dans le train fantôme, le choix est quelquefois clivant dans les familles.

Les gaufres et les sandwichs font souvent concurrence aux crêpes, galettes saucisses et autres moules frites du village celte. Ce n'est jamais grave mais la présence policière reste garante du bon commerce de ces deux communautés. Depuis les attentats, les camions de CRS se sont déployés dans les rues : le festival est sous haute sécurité.

J – 4, Lundi

Chapitre 1

Comme chaque année maintenant, depuis dix ans, l'orchestre symphonique, formation de prestige du festival, ouvrira le ban. Les musiciens sont, pour moitié, des professeurs du conservatoire de Lorient, l'autre partie étant constituée d'artistes issus de différents orchestres professionnels de France et parfois de plus loin. Membre de l'orchestre symphonique du Festival Interceltique de Lorient est une qualité qui ouvre bien des portes. En effet, n'importe qui ne peut prétendre intégrer cette formation. En plus de compétences musicales, il faut faire preuve de grandes capacités d'adaptation à la musique populaire, voire d'une certaine plasticité musicale : on doit sans sourciller, pouvoir travailler avec des joueurs de cornemuse, de gaïta ou de bombardes, s'accorder avec les percussions écossaises, voire avec un pipe-band entier ou un bagad en grande formation, faire la part belle aux castagnettes des Galiciens et aux violons, parfois diaboliques, des Irlandais ou des Acadiens. Le nombre de services[2] est fixé à l'avance mais les horaires sont parfois élastiques, la disponibilité est de rigueur. Même si la musique est un langage universel, maîtriser l'anglais ou l'espagnol – ou les deux – n'est pas obligatoire, mais fortement conseillé. Enfin, on demande aussi à ces musiciens un certain esprit de fête… Ce sont

2- Un service correspond le plus souvent à une répétition de trois heures et/ou à un concert.

donc les mêmes qui reviennent chaque année. Ils ont désormais leurs petites habitudes. Joignant l'utile à l'agréable, certains viennent en famille, tandis que d'autres préfèrent profiter du festival en célibataires. D'autres encore comptent y trouver l'âme sœur. Des idylles se sont nouées entre « Bro Goz ma zadou » et « Amazing Grace », deux des œuvres musicales incontournables du festival de Lorient...

Pour les musiciens, le programme est toujours à découvrir en arrivant. Une partie en sera traditionnellement exécutée le premier jour. Ces artistes ont beau être des professionnels rompus à l'exercice d'orchestre, il faut tout de même prévoir quelques répétitions préparatoires. C'est pourquoi, depuis quelques jours, on commence à voir circuler dans les rues, des boîtes à violon ou des étuis de trompette. Certains musiciens semblent peiner sous le poids d'un violoncelle qu'ils portent sur leur dos, un peu à la manière d'un célèbre livreur de menhirs. Enfin quelques originaux n'hésitent pas à s'arrêter sur le trottoir et sortir qui, le saxophone, qui le trombone, pour « faire la manche », plus par jeu que par besoin. D'une manière générale l'ambiance est détendue. Certains instruments de musique supportent mal les caprices du ciel. L'orchestre est donc logé dans une salle, la plus prestigieuse de la ville : le Grand Théâtre.

Depuis déjà deux heures, sur la scène du Grand Théâtre, Luc, le régisseur d'orchestre, s'affaire avec son équipe à installer les pupitres, les chaises, les praticables pour les percussions et pour les chanteurs. Il ne faut pas oublier la harpe : elle est encore au conservatoire et Marie, la harpiste, veut assister au transport. La harpe est un instrument aussi grand que délicat. Ce n'est pas parce qu'elle ne lui appartient pas que Marie va laisser n'importe quel déménageur – surtout du dimanche, comme elle se plaît à le rappeler parfois – la manipuler au risque de la détériorer. Elle habite juste à côté du conservatoire. Elle attendra le camion qui viendra chercher l'instrument afin de diriger elle-même le chargement puis elle accompagnera les chauffeurs pour s'occuper du déchargement. Elle en profitera pour surveiller le déplacement des timbales et des claviers entreposés dans la classe de percussion. C'est la participation du conservatoire à l'évènement.

La harpe, le marimba, le vibraphone, le xylophone et les timbales arrivent à bon port un quart d'heure plus tard. Marie accorde soigneusement la harpe pendant que Luc distribue les partitions sur les pupitres. Les percussionnistes, comme d'habitude, ont rejoint, eux aussi, les déménageurs. Ils s'occupent, comme la harpiste, d'accorder et d'installer leurs instruments. C'est toujours un travail minutieux.

La répétition doit commencer à neuf heures trente. À neuf heures tout le monde est là dans un joyeux brouhaha: l'orchestre s'accorde. Pas le temps de raconter la soirée ou, pour ceux qui arrivent aujourd'hui, l'année qui vient de s'écouler, ce sera à la pause.

À neuf heures trente très exactement, Patrick, le chef d'orchestre, peut lever sa baguette : ces musiciens sont des professionnels aguerris, même en période de fête, l'exactitude est, pour eux, une vertu sacrée.

Chapitre 2

Pourtant une impression bizarre flotte dans l'air. Quelque chose semble tellement étrange que Patrick est obligé de calmer un petit murmure qui commence à gonfler. Ces musiciens travaillent ensemble depuis dix ans et, depuis dix ans, Jules, super soliste[4] du très prestigieux Orchestre National de France, occupe avec brio la place de premier violon de l'ensemble du Festival Interceltique de Lorient. Conscient de son statut de soliste international, il s'est pourtant imposé en tant qu'animateur, garant de la bonne humeur de l'équipe. Passant sur son côté « vedette » et son caractère parfois emporté, tout le monde l'apprécie tant pour ses qualités de musicien que pour son incontestable gentillesse.

Ce matin, Jules est assis au dernier rang des premiers violons. À sa place, se trouve une toute jeune fille que connaissent bien les « Locaux ». Nolwenn a fait de très brillantes études au conservatoire de Lorient, études qui l'ont menée jusqu'au Conservatoire National Supérieur de Paris où elle a décroché son premier prix[4] alors qu'elle avait à peine quinze ans. C'est donc une violoniste de talent qui occupe

4- Le super soliste de l'orchestre a de nombreuses responsabilités parmi lesquelles, celle d'accorder l'orchestre et de jouer les solos. Il travaille étroitement avec le chef d'orchestre dont il est l'irremplaçable adjoint.

5- Le premier prix était le nom donné au diplôme de sortie du Conservatoire National Supérieur de Paris.

ce matin le pupitre de premier violon solo, mais elle n'a pas le métier ni l'autorité de celui que tout le monde nomme affectueusement « le patron ». Patrick précise qu'il donnera à la pause l'explication de cette affaire. La répétition peut commencer.

On commence par l'hymne du Festival Interceltique de Lorient, que tout le monde connaît par cœur et joue joyeusement. La suite est plus délicate. C'est une création, une pièce bretonne, écrite spécialement pour le festival. La pièce met en valeur une *gwerz*[6] ancestrale. La compositrice connaît très bien cette forme entre musique et poésie que l'on ne trouve qu'en Bretagne. Elle a créé pour ce bijou de la culture bretonne, un écrin symphonique de toute beauté. Ouvrir le festival dédié cette année à la Bretagne par une *gwerz*, semblait à tout le monde une évidence. À tout seigneur tout honneur, le morceau débute par une exposition du thème à la bombarde. L'orchestre va devoir accompagner un *talabarder*[7]. Il s'agit évidemment de l'un des meilleurs de Bretagne, mais les sonneurs traditionnels n'ont pas la même façon d'aborder la musique que leurs collègues classiques. Les chefs n'ont pas la même *battue*[8], bref tout le monde va devoir s'adapter. Après ce solo de tous les dangers, la compositrice a prévu un très joli dialogue entre la trompette et la bombarde. Puis, insensiblement, elle introduit l'orchestre en commençant par un solo

6- La gwerz est une forme musicale et poétique bretonne très ancienne, qui tient à la fois du lai et de la chanson de gestes.
7- Joueur de bombarde. La bombarde est un instrument à anches, proche du hautbois.
8- Mot qui désigne le code gestuel d'un chef d'orchestre, code que tous les membres de l'orchestre doivent connaître.

de violon qui vient peu à peu prendre le relais de la bombarde pour, finalement emmener tout l'orchestre. Nolwenn aborde ce moment avec l'inconscience de sa jeunesse et l'assurance que lui confère son prix international tout nouvellement acquis. Mais ce travail n'a rien à voir avec ce qu'elle a l'habitude de faire. La *gwerz* est une forme inconnue des musiciens classiques. La métrique, très libre, est liée aux paroles, la mesure n'est qu'une indication. Il faut donc suivre très précisément le sonneur de bombarde et regarder le chef d'orchestre qui reste le relais indispensable entre le soliste et les autres musiciens. Le texte écrit est presque accessoire dans ce petit duo. Nolwenn, qui pourtant a grandi à Lorient, a fait des études musicales qui l'ont conduite à effacer de sa mémoire ces pratiques musicales – devenues trop populaires à ses yeux comme à ceux de certains professeurs du Conservatoire Supérieur de Paris. En tant que premier violon solo, cette délicate partie de transition lui revient. Elle se lance dans une lecture textuelle de la partition et, sans même s'en rendre compte, elle décale sa partie. Il s'ensuit un désordre indescriptible dans les rangs des cordes[9], chacun cherchant à se recaler dans le texte à sa manière. Patrick arrête tout :
— Ce n'est pas grave, nous allons recommencer. Nolwenn c'est ton baptême de festival. Concentre-toi, écoute Erwan et regarde-moi. Tout ira bien.

Effectivement, le deuxième essai est le bon, l'orchestre repart, chacun découvrant l'œuvre à chaque mesure jouée. C'est la magie d'une création.

9- On met sous l'appellation « cordes », les violons, les alti, les violoncelles et les contrebasses.

La répétition se passe bien. Arrive l'heure de la pause, sonnée à la trompette comme le veut la tradition du festival. Les musiciens s'égaillent dans les coulisses.

Un petit noyau pourtant vient demander des explications à Patrick sur la raison de ce changement de premier violon.

– Elle joue très bien la petite, dit l'un d'eux, mais on ne la sent pas très à l'aise. Si elle se laisse déconcentrer par une bombarde, il n'est pas sûr qu'elle tienne dès qu'il faudra accompagner un pipe band entier ou une banda de gaïtas. Si elle ne connaît pas la *gwerz*, qu'en sera-t-il d'une *jig*, d'une gavotte, ou, pire d'un *strathspey* écossais, ou d'une *muiñeira* galicienne ?

– Pourquoi changer le violon solo d'une équipe qui marche si bien ? demande Aurélie, la responsable du pupitre d'alto. Jules est tout de même une valeur sûre de notre équipe. Il nous connaît tous, il connaît également très bien la musique celtique, il parle aussi bien l'anglais que l'espagnol, ce qui lui permet de discuter avec précision d'un problème spécifique à telle ou telle culture. Qu'est-ce qui peut bien justifier une telle attitude ?

Les musiciens commencent à faire masse autour de leur chef. Prudemment, Jules reste en dehors. Nolwenn est partie dans sa loge. Les questions fusent avec une pointe de désapprobation.

Patrick ne peut que s'exécuter. Il est très attaché à cet orchestre qu'il dirige depuis la première édition du festival, fidèle à cette équipe qu'il a constituée lui-même. Jules est son ami d'enfance, ils ont fait toutes leurs études ensemble. Dire qu'il est embarrassé avec ce que lui impose la direction du Festival Interceltique de Lorient est un doux

euphémisme. C'est la mort dans l'âme qu'il prend la parole.
– Mes amis voilà ce qui se passe. Il y a à peine une semaine, Marc m'a appelé dans son bureau : affaire urgente, comme toujours. Le boss m'a pourtant fait asseoir et servi un whisky, cela sentait les ennuis.
– Patrick, m'a-t-il dit, je sais que ton équipe est exceptionnelle, que peu d'orchestres sont capables de faire, surtout en si peu de temps, ce que vous faites, mais je voudrais te demander une faveur.
– Ah ! et quoi donc ?

Le ton et le temps pris pour parler me faisaient craindre le pire. Je me suis donc bien gardé de dire quelque chose comme « tes désirs sont des ordres », ce qui, de toute façon au festival, est souvent une incontournable évidence.
– Eh bien voilà ! j'ai eu une conversation avec Pierre-Marie, tu vois qui c'est ?
– Oui, le président du festival.
– Oui il est aussi notre fournisseur de champagne. C'est lui aussi qui édite les programmes, les affiches et les badges, qui fournit toute la vaisselle du village celte, celle du club K et celle du restaurant des bénévoles, bref, Pierre-Marie est notre principal mécène. En plus il est premier adjoint au maire de Lorient, c'est donc aussi lui qui s'occupe de négocier la subvention de la ville. Enfin il se trouve qu'il est aussi l'un de mes grands amis personnels. Sans vraiment la deviner, je voyais la suite se dessiner.
– Sa fille Nolwenn, que tu connais, a eu son prix au Conservatoire National Supérieur de Paris il y a maintenant plusieurs années. L'an dernier elle a décroché un prix international de violon à Brest. Elle souhaiterait participer au

festival. J'aimerais que tu l'intègres dans l'orchestre.

Ouf, ce n'était que cela ! Plus on est de fous, plus on rit. Je réponds :

– Oui, bien sûr, avec plaisir.

– Ce n'est pas tout. Etant donné son talent et sa qualification, avec son père, nous avons pensé que le poste qu'occupe actuellement ton premier violon était taillé pour elle. Après tout, lui, il vient de Paris. Il n'est même pas breton. Elle, par contre, est née dans la culture celtique. Elle fréquente le festival depuis sa plus tendre enfance. Elle a une grande connaissance de la musique celtique, connaissance que n'ont pas forcément tous ceux qui ne viennent ici parfois que pour cachetonner comme vous dites dans votre jargon.

– Marc, mais, tu n'y penses pas, Jules est mon meilleur élément. Il connaît le métier sur le bout des ongles. Voilà dix ans qu'il conduit l'orchestre, il sait adapter comme personne son jeu, et celui de tout l'orchestre, au son des instruments traditionnels. Quant à cachetonner à Lorient, on pourrait plutôt dire de lui qu'il renonce à certaines opportunités, parfois bien plus brillantes et bien plus rémunératrices, pour venir avec nous. Enfin, je ne sais même pas comment je pourrais lui annoncer un truc pareil. Il pourrait le prendre très mal.

– Je me charge de le lui annoncer et, toi, tu vas initier Nolwenn aux pièges et travaux spécifiques de l'orchestre du festival. Je te remercie de ton aide.

– Voilà, mes amis. Vous en savez autant que moi. Discuter avec Marc est parfois difficile, mais cela reste envisageable. En revanche négocier avec Pierre-Marie est tout autre chose. Quand il a décidé, aucun argument ne trouve grâce à ses yeux. J'ai tenu à assister à l'entretien avec Jules. Celui-ci vous racontera cette entrevue en détail s'il le souhaite. Je peux vous dire sans rien trahir que j'ai découvert un Jules que je ne connaissais pas. Nous savons tous qu'il est parfois un peu soupe au lait. Mais cela ne dure jamais plus de quelques minutes. Là, Jules est devenu livide, il ne parlait plus. Il serrait les poings à faire blanchir ses articulations. Je pense que, plus que sa place à l'orchestre du festival, il perdait confiance dans l'équipe dirigeante de l'évènement. Pour la première fois, il était confronté à une injustice manifeste, à l'octroi d'un passe-droit qui, en plus d'être insupportable, pouvait mettre en péril le bel équilibre de l'orchestre, de « son » orchestre. Il se sentait trahi. Pourtant sa grande gentillesse et son infinie connaissance du métier ont pris le dessus. Un incroyable effort sur lui-même l'a poussé à expliquer à M. De Fontenelle que cette action serait plus nuisible que bénéfique à Nolwenn. Cette explication a été très mal interprétée par Pierre-Marie. Je vous passe les réflexions. Jules a préféré partir.

Pour terminer je voudrais remercier Jules d'avoir tout de même accepté de venir jouer avec nous. Et pour être complètement honnête avec vous, ce n'était pas gagné d'avance. Je vous demande de l'applaudir.

Tous ont salué Jules pendant de longues minutes. Chacun a pris le temps de méditer les propos du chef. Les musiciens devaient digérer l'information. Certains trouvaient qu'il était temps que l'on fasse confiance à une jeune, d'autres à une femme, d'autres encore à une Bretonne, qui plus est, une locale. Pourtant, nul n'admettait ce qui ressemblait à un passe-droit, le premier en dix ans d'existence pensait-on. Comment pouvait-on imaginer qu'une petite jeune, d'à peine vingt ans, sans autre expérience du travail d'orchestre que celle de sa classe de pratique collective du temps où elle était élève au conservatoire, pourrait conduire l'ensemble symphonique, le bateau amiral de l'un des plus grands festivals de musique d'Europe ? De qui se moquait-on ? Amers, certains pensaient qu'il était plus facile, pour faire carrière, de naître chez un marchand de champagne plutôt que, comme Marie, la harpiste, ou même Jules, dans un milieu très simple.

Le sort de Nolwenn n'était guère enviable. Il semblait à chacun qu'elle n'avait pas sa place parmi eux. Seule Marie, son amie d'enfance, était à ses côtés pour la consoler.

Les commentaires avaient occupé toute la pause. Il n'était pas question de prendre du retard, le festival commençait dans quatre jours. L'orchestre reprit le travail. L'ambiance s'était alourdie. Nolwenn, qui avait compris qu'elle ne pouvait tenir à ce poste qu'en se surpassant, accumulait les prises de risque et enfilait comme des perles, de petites imperfections, des erreurs de débutante, qui obligeaient tout le monde à reprendre souvent des passages pourtant sans difficulté. Elle s'en défendait avec une mauvaise foi aussi arrogante que pathétique. Jules bouillait sur sa chaise. À un moment, il avait même quitté le pupitre pour se calmer. On sentait l'atmosphère se charger. Le coup de trompette annonçant la fin de la séance sonna comme une délivrance.

– Reprise à quatorze heures trente, hurla Patrick dans le bruit des étuis et des chaises. On accorde à quatorze heures quinze !

J – 3, Mardi

Chapitre 3

Le soleil se levait, auréolant la rade de ses couleurs de feu. La journée s'annonçait belle. Assis à la terrasse du café « L'Accastillage », Gildas contemplait le bassin à flots en homme heureux. Un coup de vent à peine perceptible caressait délicatement le port encore tout chargé des brumes de la nuit. Le jeune homme s'était levé plus tôt que d'habitude pour venir prendre son petit déjeuner, quand le calme régnait encore sur le quai. Il savait qu'à cette heure, il ne rencontrerait pas de tête connue. Il pourrait faire le bilan d'une nuit de réflexion en toute tranquillité.

Gildas Le Doussal était capitaine de police. Il était le plus jeune de la brigade. Sorti dans les tout premiers de l'école de police, il n'avait eu aucun mal à arriver au grade de capitaine. Il avait alors eu le choix de son affectation. Breton de naissance et de cœur, il rêvait de fonder une famille et de l'installer au bord de la mer. Lui qui avait grandi à Perros-Guirec n'imaginait pas vivre à la montagne ou, pire, dans le béton d'une grande ville.

Depuis si longtemps qu'il ne savait plus quand cela avait commencé, il fréquentait assidûment les *festoù-noz*. Le festival de Lorient était, pour lui, chaque année, l'incontournable conclusion de ses vacances d'été. Il n'était donc pas loin de penser que le poste vacant à Lorient était une manifestation du divin : pour lui, vivre à Lorient, c'était un peu vivre en vacances. Il avait postulé. Le patron des lieux, le commissaire Edgar Le Dantec, avait été séduit par son enthousiasme, sa rapidité d'esprit, sa capacité de travail et, il faut bien l'avouer, par son parcours à l'école de police, un parcours sans faute.

Cet hiver, lors d'une banale opération de contrôle, Gildas avait fait la connaissance d'une jeune violoniste. Une jeune fille superbe, élégante, cultivée, drôle, originale et tellement sympathique. Une artiste quoi ! Elle avait répondu à ses questions avec une pointe d'ingéniosité qui la rendait très séduisante, irrésistible même. Depuis ce jour, la jeune musicienne hantait les jours et surtout les nuits du policier. Comment la retrouver ? Comment lui parler à nouveau ? Il connaissait son nom mais comment l'aborder, sous quel prétexte ? Elle habitait la région parisienne. Elle était de passage avec un orchestre parisien venu jouer à Lorient. Il lui avait parlé du festival et de son orchestre symphonique. Peut-être viendrait-elle un jour en renforcer les rangs. Il mettait là tout son espoir. Elle n'avait pas jugé opportun de lui signaler qu'elle faisait déjà partie de cette formation depuis près de dix ans.

Gildas en était là de ses réflexions quand la sonnerie de son téléphone portable le tira brutalement de sa douce rêverie. Le commissaire s'inquiétait de n'avoir pas encore vu son capitaine au commissariat. Gildas avait rêvé sans regarder l'heure. Il ne lui fallut que quelques minutes pour traverser le pont qui enjambait le bassin à flots et gravir les marches du commissariat. Il s'attendait à trouver son chef furieux de son retard. Anticipant les remontrances, il était inquiet : il n'avait rien à dire pour sa défense.

Toute l'équipe était là, au grand complet. Gildas comprit

qu'un évènement grave s'était produit. Son retard passait au second plan, mais devait-il s'en réjouir ?

« Chers amis... ». Quand le commissaire s'adressait ainsi à son équipe c'est que l'heure était grave. Manifestement il se passait quelque chose d'important, de tragique peut-être, qui allait mobiliser tous les enquêteurs présents.

– Chers amis, le festival n'est pas encore commencé, un drame vient déjà de l'ébranler, je dirai même de l'endeuiller. Une musicienne de l'orchestre a été retrouvée sans vie dans son appartement. Rien n'est encore prouvé, mais les éléments que nous avons en notre possession semblent accréditer la thèse d'un homicide. Il reste trois jours avant l'ouverture des festivités, laquelle ouverture, je vous le rappelle, est traditionnellement le moment de gloire de l'orchestre. Chacun d'entre vous laisse l'affaire qui l'occupe, pour se concentrer sur ce que les journaux ne vont pas tarder à nommer «Mort au festival » et même pourquoi pas, vous les connaissez, « Meurtre au festival », ça fera vendre. Toute l'équipe est mobilisée. Chaque fois que ce sera nécessaire, nous nous réunirons ici pour faire le point. Le capitaine Le Doussal coordonnera l'opération. Il fera équipe avec les lieutenants Bellec, Duchemin et Le Bot. Notre informaticien, le capitaine Kermarrec, sera chargé de récolter, classer, exploiter, croiser et diffuser les informations que vous lui procurerez par tous les moyens dont vous disposez. Nous devrons rester en contact permanent grâce à un numéro de code qui rendra nos appels prioritaires. Vous trouverez ce numéro sur votre smartphone. Je me charge, avec le procureur, des relations avec la presse. Des questions ?

Pâle comme un mort, Gildas leva le doigt. La question lui brûlait les lèvres

– Connaît-on l'identité de la victime ?

– Tous les éléments connus figurent sur votre smartphone, Capitaine.

La séance est terminée. Chacun sent que l'heure est grave. Les affaires criminelles ne sont pas si courantes à Lorient. On a plus l'habitude de régler des problèmes liés à l'alcool et aux stupéfiants, des rixes, des problèmes de voisinage ou des noyades. De plus, cet évènement tragique est arrivé trois jours avant l'ouverture du Festival Interceltique, « l'un des plus importants festivals d'Europe », se plaisent à souligner régulièrement Marc Gaubert le directeur et Pierre-Marie De Fontenelle, le président.

Gildas, livide, a du mal à trouver le mot de passe qui lui permettra de consulter son téléphone. C'est pourtant sur lui que va reposer le succès de cette enquête, et, par contrecoup, celui du démarrage du festival. Chacun sait, ici, comme le lancement de la fête influence la suite de l'évènement. Par exemple, il est parfois bien difficile de rattraper un simple incident climatique qui survient le premier jour.

Chapitre 4

Au commissariat, l'information vient donc de se répandre. La musicienne retrouvée sans vie dans son studio a été identifiée. C'est une violoniste. Pas n'importe quelle violoniste, il s'agit de Nolwenn De Fontenelle, la fille du président du festival, la jeune virtuose dernièrement engagée. Gildas est soulagé, ce n'est pas la dame de ses rêves. Il va pouvoir travailler plus sereinement sur cette affaire. C'est la première grande enquête de sa carrière et le commissaire lui en a confié la responsabilité. Il va falloir se montrer à la hauteur. De plus il faut faire vite, le festival commence dans trois jours. Si l'on veut que la fête soit au rendez-vous, le public doit ignorer l'évènement le plus longtemps possible, si possible même, complètement.

Mardi matin, ne voyant pas Nolwenn à la répétition, les musiciens de l'orchestre avaient pensé que la séance de la veille l'avait mise de mauvaise humeur ou qu'elle ne s'était pas réveillée. Ce n'était pas sérieux. Il semblait que sa promotion lui était montée à la tête, qu'il s'agissait, en quelque sorte, d'un caprice de star. Ce n'était jamais arrivé à cette équipe si soudée. Patrick avait à cœur de faire fonctionner l'orchestre, il avait, pour cela, besoin de l'équipe au complet, mais principalement de son premier violon. Un coup d'œil à sa partition lui avait indiqué que la répétition pouvait commencer sans la trompette et sans la harpe, deux instruments qui n'avaient pas à jouer en ce début de matinée. Il avait envoyé les deux musiciens à la recherche de la violoniste. Marie s'était fait un peu prier, mais Pierre, le boute-en-train, la boule de bonne humeur de l'équipe, avait eu raison de ses réticences.

Jules s'était installé au pupitre de Nolwenn : il fallait bien quelqu'un pour entraîner la formation.

Arrivés à l'appartement, Pierre et Marie avaient frappé à la porte avec une certaine vigueur. Personne n'avait répondu à leurs sollicitations. Les deux jeunes gens avaient eu beau tambouriner, tenter l'amorce d'une discussion, Nolwenn restait muette. Aucun bruit ne filtrait du logement. Inquiets, ils avaient téléphoné à Patrick pour lui faire part de leur angoisse. Le chef avait jugé l'affaire assez grave pour interrompre la répétition, et se rendre lui-même chez la jeune fille. Peut-être son autorité de chef d'orchestre la ferait-elle sortir de chez elle. Il avait appelé la jeune fille de sa voix forte et autoritaire :

– Nolwenn, tout le monde t'attend. La répétition a commencé, elle ne peut se poursuivre sans toi.

Les trois musiciens avaient attendu de longues minutes. Aucun signe de vie ne sortait de l'appartement. Hier soir, après la répétition, ils étaient allés boire un verre tous ensemble sur le port. Nolwenn était avec eux. La jeune fille avait bien échangé quelques mots sur le port avec Jules. Tout le monde avait pu profiter de cet échange aussi houleux que tapageur. Mais les deux violonistes étaient revenus dans la salle profiter de la soirée. Jules avait glissé à Patrick qu'il passerait voir Nolwenn avant le dîner. Il voulait s'expliquer tranquillement. Etait-il passé ? Que s'étaient-ils dit ? Patrick avait ces questions au bord des lèvres, mais l'urgence était de savoir ce qu'il se passait chez Nolwenn. Les voisins commençaient à s'inquiéter de ce tapage matinal. Les portes s'ouvraient, mais nul ne pouvait renseigner les collègues de Mlle De Fontenelle sur son emploi du temps, certains voisins l'avaient entendue rentrer hier soir, mais aucun de l'avait vue sortir ce matin. Patrick avait tenté de joindre M. De Fontenelle, tous ses numéros de téléphone semblaient sonner dans le vide. Etait-il à Rennes, à Paris ? Patrick décida d'appeler les pompiers.

Il fallut une bonne dizaine de minutes au camion pour traverser toutes sirènes hurlantes, la ville totalement redessinée. Après avoir réitéré les appels, Aurélien, le capitaine des pompiers décida d'ouvrir la porte avec le « Madelin » cet outil nouvellement arrivé dans l'équipement de sa brigade, qui permet d'ouvrir une porte sans l'abîmer.

En pénétrant dans l'appartement, ils aperçurent la jeune fille à terre, sans connaissance. Médecin de formation, Aurélien comprit très vite qu'il n'y avait plus rien à faire, Nolwenn était décédée. Sans rien toucher, il appela la police pendant que les deux pompiers qui l'accompagnaient prenaient en charge les trois musiciens choqués.

Le bureau de police n'était pas loin, trois hommes étaient arrivés presque immédiatement. Les policiers étaient entrés, l'arme au poing, dans l'appartement. Constatant que celui-ci était vide, ils s'étaient informés auprès du commissaire de la suite à donner à cette affaire. Celui-ci avait alors pris les mesures qui s'imposaient. Il devait élucider cette terrible histoire au plus vite : la victime était la fille de l'un des plus importants personnages du festival et la première musicienne de l'orchestre qui, lui, ouvrait les festivités par son concert de prestige dans trois jours.

C'est fort de ce récit que Gildas Le Doussal s'était rendu sur la scène de crime. La porte d'entrée de l'appartement n'avait pas été forcée, elle était même fermée à clef puisque l'on avait dû recourir au matériel des pompiers pour pouvoir y pénétrer. Mis à part une agrafeuse, une paire de ciseaux et quelques papiers épars sur le bureau, il n'y avait aucun désordre dans la pièce. Le violon était rangé dans son étui à côté d'un magnifique lutrin de bois précieux. Au mur, ou posées sur des meubles, de nombreuses photos soigneusement encadrées évoquaient la vie de la jeune musicienne. L'une d'elles la représentait avec Marie, la harpiste, le jour où elles avaient reçu leur prix au Conservatoire de Nantes. Sur la table, le couvert était dressé pour deux convives. Quelques bouteilles d'apéritif et des gâteaux disposés sur la table du salon, un gratin dans le four, laissaient à penser qu'elle attendait quelqu'un.

La jeune fille gisait sur le sol, couchée sur le côté, les jambes repliées. Elle était vêtue d'une élégante robe rose, celle qu'elle portait à la répétition, un collier de grenats ornait son cou. Elle avait encore ses chaussures aux pieds. Il n'y avait aucune trace de lutte. Manifestement elle connaissait son agresseur. Peut-être lui avait-elle ouvert la porte elle-même, puis il était reparti en emportant les clefs. Était-ce son invité ?

Quand Gildas était arrivé, Fabienne De Kersabiec, le médecin légiste, était penchée sur elle avec une certaine tendresse dans le regard et une grande délicatesse dans les gestes. Elle avait toujours avec les victimes cette distinction, presque cette déférence, que l'on observe lorsque l'on rencontre quelqu'un pour la première fois. Fabienne avait sa méthode, qu'elle prétendait infaillible. Elle avait l'habitude de commencer par faire connaissance avec « sa cliente » ou « son client », comme elle disait souvent. Elle regardait la victime, comme on regarde un ami, n'hésitait pas à lui parler. On pouvait croire qu'elle s'apprêtait à prendre le thé dans le salon avec la jeune fille.

– Alors, Mademoiselle, quel beau violon vous avez là ! Que jouez-vous en ce moment ?

– Ah le concerto de Mendelssohn ! avait-elle dit en regardant la partition ouverte sur le pupitre. Ce concerto a une réputation de grande difficulté technique autant que musicale ! Il est vrai que vous êtes une grande virtuose, malgré votre jeune âge !

Elle s'était mise à fredonner les premières notes d'une pièce qu'elle connaissait manifestement très bien. Elle étonnait toujours les enquêteurs par sa grande culture.

– Vous attendiez une amie ? Un ami, peut-être ?

– Je ne voudrais pas vous déranger, mais, nous allons devoir passer quelque temps ensemble.

On l'interrogeait souvent sur ce qui l'avait orientée vers la médecine légale, elle, si douce, si cultivée, mais aussi tellement pleine d'empathie. Invariablement, elle répondait que pour comprendre et donc confondre un meurtrier, il était important de connaître sa victime. Comme celle-ci ne pouvait répondre aux questions, il fallait l'imaginer dans sa vie quotidienne. Elle était guidée en cela par l'état dans lequel se trouvait le corps mais aussi par l'environnement de la personne. Son lieu de vie, sa chambre, sa salle de bains parlaient pour elle. Etait-elle méticuleuse ? Ou, au contraire, laissait-elle au hasard l'organisation de son cadre de vie ? Autant d'observations qui permettaient de faire connaissance. « Dans la médecine de ville, ou à l'hôpital, le travail était plus technique », expliquait Fabienne, elle allait même jusqu'à « moins artistique ». On pose des questions auxquelles le patient répond avec plus ou moins d'exactitude. Même si l'empathie est de rigueur, on n'a pas à imaginer, seulement à interpréter les réponses. Le travail consiste plutôt à démêler le vrai du faux.

« Écouter un mort, avait-elle coutume de dire, c'est tout autre chose. Un mort ne ment pas mais pour le faire parler, il faut faire appel à tous les sens, la vue, l'odorat, le toucher, l'ouïe même, mais il faut savoir écouter autrement, percevoir d'autres sons. Il faut observer son environnement, comprendre comment étaient organisées sa vie et celle de son entourage. Il faut, en quelque sorte, voir avec les yeux du mort, écouter avec ses oreilles, penser avec son cerveau. La médecine légale, c'est du grand art ! »

Faire parler les objets, comme faire parler les morts était devenu chez Fabienne une vraie passion. C'est pourtant en scientifique scrupuleuse qu'elle examina la victime. Nolwenn avait été étranglée. Fabienne avait constaté une trace rouge sur le cou, son collier probablement qui pouvait être l'arme du crime. Il était pourtant bien délicat : aurait-il pu résister à la violence d'un geste assassin ? En tout état de cause la mort remontait à une dizaine d'heures. L'intervention d'un tiers ne faisait aucun doute. Le crime avait donc été commis la veille dans la soirée. Fabienne apporterait de plus grandes précisions après l'autopsie.

Gildas se posait la question du rapport entre ce geste assassin et la position politique et sociale du père de la victime. L'homme ne manquait pas d'ennemis. Etait-ce lui qui était visé par des adversaires qui n'auraient reculé devant rien ? Si c'était le cas que cherchaient-ils à obtenir ? Gildas confia l'inspection des lieux à la police scientifique. Au hasard, les hommes de ce service emportèrent le violon et son étui, les ciseaux, l'agrafeuse, les deux crayons posés à côté. Gildas se chargerait lui-même de l'ordinateur et du smartphone de la victime.

Il lui revenait la délicate mission d'avertir la famille et d'interroger M. De Fontenelle. Etant donné la personnalité de la victime, il s'en référa au commissaire.

– Tu as bien fait de m'appeler Gildas. Je vais m'occuper de cela moi-même. Je connais personnellement Pierre-Marie De Fontenelle. La nouvelle sera d'autant plus cruelle qu'il a perdu son épouse voilà à peine cinq ans, à peu près à la même époque, dans des circonstances, elles aussi, tragiques.

– Avec ton équipe, occupe-toi de recueillir les témoignages de l'entourage : les membres de l'orchestre bien sûr, mais n'oublie pas le voisinage. Peut-être quelqu'un aura-t-il remarqué quelque chose, ou quelqu'un, hier soir.

– Bien Commissaire. Je vais également tenter de reconstituer l'emploi du temps de Nolwenn dans la journée d'hier.

– Je te rappelle que, pour l'instant, la presse doit tout ignorer de cette tragédie. N'oublie pas que l'orchestre ouvre les festivités dans trois jours. Mlle De Fontenelle était premier violon solo. Je ne sais pas ce que cela représente, mais c'est de toute évidence un rôle important qu'il va falloir confier à un autre musicien. Patrick a donc autre chose à penser que de répondre aux journalistes.

Gildas rentra au commissariat et réunit son équipe. Il commença par coordonner les recherches :
– Voilà comment je vois les choses. Gwendal, le plus expérimenté de l'équipe, sera chargé de l'enquête de voisinage. Il interrogera les habitants de l'immeuble. Eventuellement il élargira le cercle, c'est un vieil enquêteur, il connaît le métier. Bien que fastidieux, ce travail apporte souvent des éléments essentiels sur lesquels on peut faire démarrer une enquête criminelle. Il convient donc qu'il soit mené avec le plus grand soin. Pour autant, il est parfois difficile de faire parler des voisins qui ne veulent surtout pas être mêlés, même de loin, à une telle affaire. Il n'est pas plus simple de distinguer le vrai du faux dans la parole de ceux qui « ont tout vu, tout entendu ».

Eliot et Pascal se tiendront à disposition de manière à pouvoir partir sans délai sur une interpellation ou pour recueillir les témoignages qui se révèleront utiles au cours de l'enquête.

Je me chargerai d'interroger les musiciens de l'orchestre. J'assurerai les relations avec Fabienne et avec la police scientifique.

Pol nous renseignera en temps réel sur ce qu'il pourra exploiter dans tous les éléments et accessoires technologiques que nous lui fournirons.

J'espère, Commissaire, que vous vous occuperez de la liaison avec le procureur.

– Oui, bien sûr, c'est mon rôle. Bon courage à tous et n'oubliez pas que le festival commence dans trois jours. Donc nous disposons de ces trois jours pour faire la lumière sur cette affaire.

Les amis, avez-vous des questions ?

Chacun se retira, conscient de la gravité de la situation.

Chapitre 5

C'est le cœur lourd que le commissaire Le Dantec se rendit au domicile de M. De Fontenelle. Sans être de grands amis, les deux hommes se connaissaient depuis longtemps. Ils s'appréciaient mutuellement et s'épaulaient toujours dans les moments difficiles. Dieu sait si celui-là serait ardu ! L'homme d'affaires avait déjà perdu sa femme qu'il adorait. Victime d'un accident de la circulation, elle avait succombé à ses blessures après de longues semaines de coma. La pauvre femme avait été renversée par une voiture dont les occupants, qui tentaient d'échapper à un contrôle de police, roulaient en pleine ville comme sur une autoroute. Le Dantec n'avait eu de cesse de retrouver les auteurs de cette équipée et de mettre le chauffeur et ses occupants sous les verrous pour de longues années. La jeune Nolwenn avait alors quinze ans, elle venait juste d'obtenir son premier prix au Conservatoire de Paris. Sa mère, excellente pianiste, avait vécu cela comme une consécration. Elle était sortie faire quelques emplettes pour fêter l'évènement, lorsque l'ange de la mort était venu la cueillir dans ce moment de joie. Comment expliquer à cet homme que sa fille unique avait disparu dans des circonstances, elles aussi, tellement dramatiques ? Comment trouver les mots ?

Le commissaire sonna à la grille de la propriété. L'employée de maison, qui le reconnut au vidéophone, lui ouvrit aussitôt.

– Bonjour Commissaire, dit-elle ! je vous fais entrer dans le petit salon de Madame. J'ai prévenu Monsieur, il arrive tout de suite. Souhaitez-vous boire quelque chose ?
– Non merci, Guillemette.

La femme se retira discrètement. Tout, dans cette pièce meublée avec un goût exquis, rappelait la grande époque de l'Empire. Le piano à queue de feu Mme De Fontenelle trônait au milieu de la pièce sur un tapis rapporté d'un voyage en Iran où elle avait connu un succès grandiose. Quatre fauteuils, un ravissant secrétaire et une console, où était posée une photo de M. et Mme De Fontenelle, étaient éclairés par un lustre superbe constitué de multiples pendillons de cristal. Trois tableaux de maîtres ornaient trois des murs, le quatrième étant entièrement constitué par une baie qui donnait sur le parc magnifiquement entretenu. Le lutrin et le violon posé sur une méridienne en palissandre garnie de velours vieux rose, rappelaient la présence de Nolwenn. Dans une petite alcôve, un sofa recouvert de velours et de soie complétait l'ensemble. On sentait que le salon servait très peu. On était là un peu comme dans un musée.

Pierre-Marie De Fontenelle entra dans la pièce. Il était ce que l'on appelle un homme racé. Grand, les cheveux blancs coiffés en artiste, un costume clair taillé sur mesure, il était d'une rare élégance. On sentait qu'il était autoritaire. En effet, il était très difficile de contester ses décisions. Pour autant, c'était un homme juste. Il semblait qu'il portait toujours le deuil de son épouse. Il n'avait jamais refait sa vie. Nolwenn était sa joie de vivre. Son succès le rendait heureux et il passait sur ses frasques, disant que le sérieux de son travail avait parfois besoin de se dérider.

– Bonjour cher ami, dit-il jovial. Puis-je vous proposer un scotch, une coupe, peut-être ? J'ai là un excellent champagne de propriétaire, vous m'en direz des nouvelles !
– Non merci, Pierre-Marie.
– Ho là ! vous êtes en service, Edgar ? Qu'est-ce qui vous amène ?

Le commissaire cherchait ses mots.

– Cher Pierre-Marie, je ne suis pas le messager d'une bonne nouvelle.
– Mon Dieu, que se passe-t-il à trois jours de l'ouverture du festival ? Quelle catastrophe venez-vous m'annoncer ? Est-ce vous qui avez tenté de me joindre tout à l'heure ? Je m'étais isolé pour mettre au point les derniers détails de la cérémonie d'ouverture du festival. Le téléphone a beaucoup sonné.
– Hélas je viens vous dire que Nolwenn a eu, comment dire, un accident
– Mon Dieu, dit-il encore ! Est-elle grièvement blessée ?
– Il va vous falloir une grande dose de courage, Pierre. Nolwenn a été retrouvée sans vie hier, dans son appartement.

Le négociateur fier et généreux, celui qui tenait entre ses mains une grande partie des rênes de la ville, l'homme qui faisait la pluie et le beau temps au festival, s'écroula comme une masse. Edgar Le Dantec appela à l'aide Guillemette, la fidèle employée de maison, celle qui avait vu naître « Monsieur Pierre » puis « Mademoiselle Nolwenn ».

– *Va Doue*, s'exclama-t-elle, en breton, comme toujours dans les occasions terribles ! Que s'est-il passé ? Que lui avez-vous dit, Monsieur le commissaire, qui l'a mis dans un tel état ?

– Avant de vous répondre, Guillemette, aidez-moi à allonger Monsieur De Fontenelle sur le sofa et apportez-moi de quoi lui passer de l'eau sur le visage.

Après avoir installé son patron, Guillemette courut à la cuisine et revint avec un broc en porcelaine et un gant de toilette. Avec une infinie douceur, elle imprégna d'eau fraîche le visage de l'homme en lui susurrant à l'oreille quelques paroles rassurantes, presque maternelles. Depuis la mort de son épouse, il n'acceptait ces manières de la part de personne sauf de Guillemette en qui il avait une confiance absolue.
– Me direz-vous enfin, M. le commissaire ce qui a mis Monsieur Pierre dans cet état ? Est-ce encore en rapport avec mademoiselle Nolwenn ? Entre nous, je me dis parfois que si vous la mettiez quelques jours sous les verrous, cela lui ferait voir la vie différemment. Mais vous devez me trouver bien cruelle. La pauvre petite ne s'est jamais remise de la mort de sa chère Maman. Ni M. Pierre ni moi n'avons jamais su comment pallier un tel manque.
– Hélas Guillemette, il s'agit bien de Nolwenn. Mais il n'est pas question de lui interdire quoi que ce soit. On a retrouvé la petite sans vie, lundi soir dans son appartement de Lorient.

Le commissaire pensa un instant qu'elle allait s'évanouir elle aussi. Mais la vie avait endurci Guillemette. Elle avait compris qu'il lui faudrait faire face : le malheur frappait à nouveau la maison De Fontenelle. Monsieur restait seul pour faire face à cette nouvelle cruelle. Plus que jamais, il aurait besoin d'elle. Elle n'était pas loin de penser que l'on avait jeté un sort sur cette famille. Mais qui aurait bien pu faire cela ?

Une fois M. De Fontenelle revenu à lui, elle s'empressa de faire du café. Une cafetière ne serait pas de trop pour entendre ce que le commissaire avait à leur dire.

– Edgar, dites-moi franchement comment c'est arrivé, dit M. De Fontenelle. Si vous êtes là, si c'est vous qui vous déplacez pour m'annoncer une telle nouvelle, ce n'est peut-être pas uniquement au nom de notre amitié. Que s'est-il passé ?

– Cher ami, je ne peux pas vous dire exactement ce qui s'est passé car nous ne le savons pas encore, mais ce qui est sûr, c'est que Nolwenn n'est pas morte de mort naturelle. La piste du suicide est totalement exclue.

– Vous êtes en train de me dire qu'elle a été assassinée, n'est-ce pas ?

– En effet. Comme nous disons dans notre jargon, il y a eu intervention d'un tiers.

– Avez-vous une idée de l'identité de ce tiers ?

– Nous avons quelques pistes, mais rien de bien concret. Je vous tiendrai personnellement au courant du déroulement de l'enquête.

Dévasté mais digne, M. De Fontenelle posa la question la plus redoutée par le commissaire :

– Dites-moi Edgar, comment a-t-on ôté la vie à Nolwenn? Je vous demande de ne pas m'épargner, j'ai besoin de savoir.

La mort dans l'âme, la gorge nouée, le policier expliqua que la pauvre petite avait été étranglée.

– A-t-elle souffert ?

– Fabienne pense que non.
– Une question encore, Edgar : vous savez que je ne manque pas d'ennemis ; pensez-vous que l'un d'entre eux aurait pu s'en prendre à ma chère Nolwenn dans le but de m'atteindre ?
– J'allais justement vous en parler. C'est une hypothèse que nous ne pouvons écarter, évidemment. Mais il est encore trop tôt pour vous répondre. Pouvez-vous nous aider sur cette piste ?
– Je ne veux évidemment accuser personne. Vous savez que je reçois régulièrement menaces et insultes. Tenez, en voici quelques échantillons.

Joignant le geste à la parole, il sortit d'un tiroir du secrétaire, une liasse de courriers plus injurieux et plus menaçants les uns que les autres.
– Mais Pierre-Marie, pourquoi n'avez-vous pas contacté nos services ?
– Je ne prenais pas cela très au sérieux. Et puis il n'est pas toujours facile d'admettre que ce qui entrait dans ma maisonnée à ce moment-là pouvait se révéler si néfaste.
– En effet pouvez-vous m'en dire plus ?
– Depuis la disparition de sa Maman, Nolwenn sombrait parfois dans des crises d'hystérie assez violentes. Rien d'autre que le temps n'en venait à bout. Je devais alors la laisser seule et attendre. J'étais moi aussi, très déstabilisé. C'est pourquoi j'ai fermé les yeux sur certains agissements de ma fille chérie.
– Souhaitez-vous m'en parler, Pierre-Marie ?
– Oui, cela pourrait avoir un lien avec cette tragédie. Je dois vous confesser que ma chère Nolwenn s'était laissée

entraîner dans une drôle d'affaire. Elle avait fait la connaissance d'un jeune homme, un musicien comme elle. Ce jeune homme s'adonnait parfois à la cocaïne pour, disait-il, l'aider dans les concours. Certains jeunes musiciens ont du mal à supporter les tensions extrêmes générées par les concours. Dans l'ensemble, ils ont recours à des pratiques légales comme la sophrologie ou le yoga, voire même parfois l'homéopathie. Ils consolident ainsi leur force mentale. Mais la plus grande part de ces professionnels préfèrent s'affronter à la loyale. Seuls leur talent et leur travail doivent les départager. Nolwenn était de ceux-là, mais elle comprenait son amoureux. Ensemble ils forçaient parfois le destin.

Un jour l'amoureux de Nolwenn choisit une option plus radicale. Ne sachant comment se procurer de la cocaïne, il s'en ouvrit à Nolwenn qui n'hésita pas une seconde. Sans être dépendant à la cocaïne, il n'avait pas assez confiance en son talent. Nolwenn, amoureuse, prit l'habitude de lui fournir le produit sans discuter chaque fois qu'il en avait besoin. Je fermais les yeux sur ce trafic : je sentais qu'il était important que ma fille se construise une vie sentimentale. Je comprenais également que ce n'était que passager.

– C'est très intéressant en effet. Où trouvait-elle à s'approvisionner ?

– Ici, à Lorient, auprès de deux jeunes. Je ne les connais pas, je ne les ai jamais rencontrés.

– Mais peut-être pourriez-vous nous aider à les retrouver. Auriez-vous, par hasard, une idée de l'identité de ces deux jeunes gens ?

– Je ne connais que leurs prénoms, Kevin et Dylan. Encore

une fois, je vous lance peut-être sur une fausse piste. Faites au mieux Edgar. Je compte sur vous.
– Encore une question. Connaissez-vous le nom de l'amoureux de Nolwenn ?
– Oui, il s'appelle Hyppolite De Montebourg.
– Savez-vous où nous pouvons le trouver ?
– Je pense qu'il n'a rien à voir avec cela.
– Nous allons le contacter, ne serait-ce que pour l'informer. Peut-être pourra-t-il nous guider.
– Le pauvre sera bouleversé. Ils commençaient une belle histoire tous les deux. Hyppolite est en ce moment à Varsovie où il prépare les épreuves du concours Chopin, concours international de piano. Laissez-moi lui annoncer moi-même cette terrible tragédie. Si, par hasard, il peut être utile à l'enquête, il se mettra immédiatement en rapport avec vous.
– Entendu, Pierre-Marie, faisons ainsi. Avant que je ne parte, avez-vous besoin de quelque chose ?
– Non, Edgar, je voudrais juste que vous mettiez le plus vite possible hors d'état de nuire, le ou les auteurs de cet horrible geste.

Le pauvre homme demanda à rester seul avec son chagrin. Il ne voulait plus voir personne sauf, Fabienne, qu'il connaissait bien depuis la mort tragique de son épouse. Le commissaire appela la légiste qui répondit qu'elle arrivait immédiatement : elle se trouvait justement à quelques rues de là à ce moment. C'était sans doute mieux qu'il puisse parler avec un médecin dans ce moment cruel. De plus Fabienne pourrait lui fournir, en les dosant correctement, certains des éléments qu'il réclamait sur la disparition de sa fille. Le commissaire attendit l'arrivée du médecin pour prendre congé. Avant de quitter la pièce, il se ravisa.

– Juste une question encore, Pierre-Marie : quand avez-vous vu Nolwenn pour la dernière fois ?

Mais M. De Fontenelle n'était plus en état de lui répondre. Fabienne lui avait injecté un calmant puissant à effet immédiat.

Le commissaire quitta donc la maison de M. De Fontenelle. Guillemette lui apporta son chapeau. Il en profita pour lui faire quelques recommandations.

– Surtout, Guillemette, ne quittez pas Monsieur un instant. J'ai demandé à Fabienne de lui administrer un calmant. Mais il va se réveiller : il aura besoin de vous. Je compte sur vous et vous en remercie très chaleureusement.

Sitôt dehors, le commissaire s'empressa de faire parvenir à Pol Kermarrec, les renseignements qu'il avait pu recueillir auprès de M. De Fontenelle. Pol lui répondit par retour, que les deux délinquants étaient sous les verrous : ils avaient été écroués dans la nuit. Il n'était pas urgent de les interroger : ceux-là ne se sauveraient pas. Quant à Hyppolite, c'était une valeur montante du piano français. Issu de la vieille aristocratie française, le jeune homme n'avait aucun antécédent judiciaire. Quel rapport avait-il réellement avec la cocaïne ? Il était trop tôt pour le dire. La consommation de cet « anti-trac » avait-elle un rapport avec la mort de Nolwenn ? On ne pouvait pas exclure cette piste.

Chapitre 6

Pendant que le commissaire remplissait cette délicate mission, Gildas s'était dirigé vers le théâtre. Le soleil, indifférent à la tragédie qui venait de se produire, dardait ses rayons insolents sur la ville. Le jeune homme, d'ordinaire si friand de la lumière céleste, sortit ses lunettes pour s'en protéger. Il arriva au théâtre à l'ouverture. Il fut reçu par Luc qui s'affairait à distribuer de nouvelles partitions sur les pupitres.

– Bonjour monsieur lui dit Luc aimablement. Vous cherchez quelque chose ? Puis-je vous aider ?

– Bonjour Monsieur. Gildas Le Doussal, Capitaine de police dit-il en sortant sa carte.

– Ah, je vois ! vous venez enquêter sur la terrible affaire qui endeuille l'orchestre et même le festival tout entier.

– En effet. J'aurais aimé rencontrer les musiciens.

– Je comprends. Mais la répétition commence dans une demi-heure. Les musiciens sont tous bouleversés par cette affaire, comme vous l'imaginez. Je pense que, si vous pouviez attendre la pause de treize heures ou celle du soir avant la dernière séance de travail, ce serait chic de votre part. Nul ne sait comment va se dérouler le festival cette année. Nous ignorons si l'orchestre y aura sa place habituelle. Les musiciens seront-ils à même de jouer sans Nolwenn ? Ce n'est pas que Jules ne pourrait pas assurer le travail, mais le souhaitera-t-il ? Jules est un très grand violoniste, notre

« star » en quelque sorte. Mais étant donné les circonstances, il n'est pas certain qu'il ait le cœur de remplacer Nolwenn.
– Ah ! Pouvez-vous m'en dire plus sur ces circonstances ?
– Je préfère laisser Patrick vous expliquer cela. Ce sera plus clair. Patrick est notre chef d'orchestre.
– Ah ! je vois. En tout cas si l'un des membres de l'orchestre venait à être impliqué, l'enquête serait prioritaire sur vos répétitions.
– Je vous arrête tout de suite, Capitaine. C'est une question qui ne se pose même pas. Nous nous connaissons tous ici depuis dix ans. Aucun de nous n'est susceptible d'accomplir un tel geste.
– Vous vous connaissez depuis dix ans, mais c'est la première fois que Mlle De Fontenelle intègre l'équipe ; c'est aussi la première fois, j'imagine, que l'un de vous est assassiné. Or il se trouve que c'est justement à Mlle De Fontenelle que le tueur s'en est pris. Vous avouerez que c'est troublant !
– Oui, on peut dire cela ainsi. Mais, pour nous, c'est impossible. Nous attendons avec impatience que toute la lumière soit faite sur l'affaire.
– Vous semblez bien connaître le fonctionnement de l'orchestre.
– Oui, je joue du trombone. Au conservatoire, en plus de l'enseignement du trombone, je suis en charge de la classe d'orchestre des instruments à vent. Il entre donc dans mes fonctions de m'occuper de la logistique de cet ensemble. C'est pourquoi, depuis la création du « Symphonique du Festival », j'occupe, à titre bénévole, le poste de régisseur

d'orchestre. J'ai également une formation à la direction. Parfois, il m'arrive de remplacer Patrick quand il est pris par une réunion.
– Ah ! je vois ! Vous êtes la cheville ouvrière de l'équipe.
– On peut le dire ainsi. Mais nous avons tous nos responsabilités.
– Les musiciens sont-ils toujours occupés tous en même temps ?
– Pas nécessairement. Je regarde le planning. Ce matin, par exemple, vous pouvez interroger Marie Le Goff. C'est notre harpiste, elle n'est pas prévue avant cet après-midi. Elle demeure juste à côté du conservatoire, au numéro douze de la rue. Je vous demande de la ménager : c'est la meilleure amie de Nolwenn. C'est elle qui était sur place quand on a découvert le drame. Elle doit être terriblement affectée.
– Je vous remercie, Monsieur. Je reviendrai donc tout à l'heure parler avec vos collègues.

Gildas décida de laisser les membres de l'orchestre à leur répétition. Leurs témoignages pouvaient attendre. Il irait voir Marie. Patrick l'avait libérée pour la matinée. Il la trouverait au domicile de sa mère chez qui elle logeait chaque fois qu'elle rentrait au pays. En sortant du théâtre Gildas passa de l'ombre à la lumière. Le contraste l'aveugla. L'espace d'un instant, les murs blancs de la ville semblaient se rapprocher comme pour former une enceinte infranchissable. Gildas recula d'un pas avant de revenir dans la réalité.

Du théâtre au domicile de la mère de Marie, il y avait une vingtaine de minutes de marche. Laissant sa voiture sur place, il décida de se rendre à pied chez la harpiste. Il savait que l'entretien serait lourd, laborieux. Ce délai lui permettrait de mettre de l'ordre dans ses idées, de construire cet entretien qui, il l'espérait, lui apporterait un véritable éclairage sur la pauvre violoniste.

Les prunus, plantés de chaque côté de la chaussée illuminaient les rues de leur rose éclatant. Des parterres de fleurs multicolores, savamment aménagés par les jardiniers de la ville, s'échappaient des parfums envoûtants. Les oiseaux de l'année chantaient à pleine voix. Gildas jouissait de cette balade : une parenthèse dans l'ambiance tellement pesante de l'enquête.

Comme le disait Fabienne, pour trouver le meurtrier, il fallait faire connaissance avec la victime. Lui ne se sentait pas capable de discuter avec les morts. Il se contenterait des témoignages de celles et ceux qui avaient fréquenté Nolwenn vivante.

Marie connaissait Nolwenn depuis l'enfance et il semblait même, qu'à l'orchestre, elle était son principal soutien. Il trouva la jeune fille plongée dans un profond désarroi. Elle disait qu'en tuant son amie, on lui avait pris une part de sa vie. Elle avait du mal à s'exprimer tant les sanglots montaient à ses yeux sans qu'elle puisse les réprimer. Gildas appela Fabienne qui vint, dès qu'elle le put, s'occuper d'elle. Après une piqûre calmante et une infusion préparée par sa mère, Marie raconta comment la vie les avait réunies puis séparées. Elle expliqua comment leurs destins, croisés depuis l'enfance, s'étaient séparés à leur entrée dans la vie adulte.

Claire, la mère de Marie, s'était retrouvée seule alors

que la petite n'était pas encore née. C'est dans l'est de la France où elle vivait, qu'elle avait rencontré celui qu'elle considérait comme l'homme de sa vie. Il venait d'être élu adjoint au maire de Reims. Quand elle lui avait annoncé sa grossesse, il avait partagé sa joie. Elle savait que jamais il ne quitterait sa femme pour l'épouser mais il semblait si heureux à l'idée d'avoir une petite fille qu'elle n'avait pas hésité à garder l'enfant. Elle pensait qu'il viendrait partager des moments avec elles deux. Cela suffisait à son bonheur et, elle l'espérait, ferait celui de leur fille. Pourtant, voyant que cette situation pouvait nuire à sa carrière politique, il avait finalement renoncé à reconnaître l'enfant. Marie était née à Reims. Au bout de quelques années, voyant que le père de Marie renonçait définitivement à les voir, la jeune femme s'était alors rapprochée de ses origines bretonnes. Claire n'avait jamais revu cet homme et jamais il ne s'était soucié de la vie de leur enfant. Elle avait donc élevé sa fille toute seule. Son salaire de secrétaire médicale devait suffire à leurs besoins. Elle était parfois amère en pensant que, si le père de Marie avait contribué à son éducation, la petite fille aurait bénéficié d'une vie plus confortable. En tout cas, cette petite fille, puis la jeune femme qu'elle était devenue, n'avait jamais manqué d'amour ni de tendresse.

C'est par hasard que Marie avait fait de la harpe. Sa mère l'avait inscrite au conservatoire, d'abord pour qu'elle reçoive une formation musicale qu'elle-même regrettait tant de ne pas avoir, mais aussi et surtout parce qu'elles habitaient à côté de l'établissement. « Il n'y avait même pas la rue à traverser », disait souvent la mère de Marie. Une fois, dans la place, la petite fille était tombée sous le charme de l'instrument magique, l'instrument des fées, comme disait souvent son professeur.

Elle s'y était révélée très douée. Elle gravissait les échelons de sa carrière d'élève à une vitesse peu ordinaire. Marie n'avait pas de harpe personnelle. Elle venait au conservatoire chaque jour après l'école. Exceptionnellement, on avait confié les clefs de l'établissement à sa mère pour que la petite puisse travailler le dimanche et pendant les vacances. Ses professeurs l'avaient alors prise en amitié. Certains s'étaient même cotisés pour lui offrir ce stage d'été qui la ferait tant avancer. Ils s'en étaient occupés jusqu'à ce qu'elle entre au Conservatoire Supérieur de Paris où elle avait décroché son premier prix avec la très convoitée mention « Très bien à l'unanimité du jury ». Elle seule, depuis plusieurs années, avait séduit tous les membres de cette assemblée. Elle pouvait en être fière.

C'est donc en professionnelle qu'elle était installée depuis quelques années à l'orchestre du Festival, au pupitre de harpe, qui comprenait aussi – Bretagne oblige – celui de harpe celtique.

Marie était très discrète, elle se tenait même un peu à l'écart. Si on n'avait rien à lui reprocher sur son travail, elle avait du mal à se joindre à l'équipe. Après les répétitions, elle rentrait sagement chez sa mère qui demeurait toujours à côté du conservatoire. De toute évidence elle ne possédait pas cet esprit festif qui animait le reste de l'équipe. On la sentait souvent un peu mélancolique. Au festival, elle jouait aussi de la harpe celtique pour dépanner un cercle celtique ou simplement, pour faire plaisir. L'hiver, on la voyait de temps en temps, quand elle rentrait de Paris, dans les rangs d'une chorale locale. Elle n'avait jamais réussi à s'intégrer complètement dans le milieu des musiciens professionnels. Il lui semblait que son origine modeste lui collait à la peau et que, jamais, elle ne pourrait atteindre le niveau social et même culturel de ses collègues, souvent nés dans un environnement plus favorable. Elle occupait le poste de harpe depuis cinq ans à l'orchestre du festival, mais finalement, nul ne la connaissait vraiment. Sa seule amie était Nolwenn. Son arrivée à l'orchestre du festival était, pour elle, une bénédiction.

– Mademoiselle Le Goff, dit le capitaine Le Doussal, lorsqu'elle fut en état de lui répondre, j'essaie de me faire une idée de la personnalité de Nolwenn. Il semble que vous êtes la mieux placée pour m'en parler ? Quelle était votre relation avec Nolwenn pendant ce temps de vos études ?

– Je peux vous raconter ce parcours en détail si vous avez un peu de temps.

– Puis-je vous appeler Marie ?

– Oui bien sûr, tout le monde m'appelle Marie

– Alors je vous écoute Marie. Prenez votre temps.

Sans une once d'amertume, la jeune femme raconta longuement au policier comment elle avait dû travailler pour faire de la musique, quand son amie n'avait que ses études et sa bande d'amis comme préoccupations. Pourtant elles étaient arrivées au même résultat, quasiment en même temps. On sentait qu'elle en était fière.

– Nous nous connaissions depuis l'école maternelle. Nous avions grandi ensemble, fréquenté le même conservatoire. C'est également ensemble que nous avions intégré le conservatoire de Nantes, puis celui de Paris. Là, nos trajectoires s'étaient séparées. Nolwenn avait emménagé dans l'appartement que ses parents avaient acheté en vue de ses études. Non loin du conservatoire, elle bénéficiait d'une vue dégagée sur le Parc des Buttes-Chaumont. Sans être immense, le logement était suffisamment grand pour qu'elle puisse recevoir ses parents ou des amis, de temps en temps. Afin qu'elle puisse travailler son violon tranquillement, son père avait fait insonoriser une pièce.

Moi, j'arrivais à Paris dans une situation plus compliquée. Je n'avais pas de harpe personnelle, je n'en avais jamais eu. Le baby-sitting et quelques cours d'anglais arrivaient tout juste à payer les partitions. Ma mère n'avait jamais pu m'offrir cette harpe dont je rêvais. Jusqu'alors, cela n'avait jamais posé de problème. J'avais toujours trouvé des arrangements avec les établissements qui m'accueillaient.

En arrivant à Paris, j'avais tout de suite compris qu'il ne me serait pas possible de travailler dans les locaux du conservatoire. Je n'avais pas non plus de logement.

J'avais fait passer une petite annonce proposant mes services comme jeune fille au pair. Je pouvais aider aux devoirs, parler anglais – je parle couramment anglais, j'ai appris au festival – et donner des cours de musique, contre le gîte et le couvert.

Pour la harpe, je verrai, peut-être pourrai-je en louer une avec ma bourse d'étudiante, l'emprunt à la banque étant totalement exclu. J'avais reçu une quantité importante de réponses, l'une d'elles avait attiré mon attention. Un couple de musiciens cherchait, pour s'occuper de ses enfants, une jeune fille qui soit capable de surveiller les devoirs du soir et de suivre les enfants en musique. L'un d'eux jouait du violoncelle, un autre du violon, l'aînée commençait la harpe après quelques années de piano. C'était inespéré. Dès le premier jour, j'avais été accueillie comme une grande sœur pour les enfants. Mes patrons m'avaient demandé de les aider à choisir une harpe pour leur fille. Il avait été convenu que j'aurais tout le loisir de travailler sur cet instrument que j'avais donc soigneusement sélectionné. La mère de famille pensait, avec raison, qu'elle ne trouverait pas meilleur modèle pour sa fille, qu'une étudiante du Conservatoire National Supérieur de Paris.

Mais s'occuper de trois enfants de cinq à dix ans demandait beaucoup d'énergie. Le soir, la fatigue se faisait souvent sentir. Pour autant, j'essayais de m'acquitter toujours de ma tâche le mieux possible. Parfois, quand je rentrais dans ma chambre, au dernier étage de l'immeuble, je m'endormais sans même me déshabiller...

Je suis restée dans cette famille tout le temps de mes études au conservatoire, en devenant peu à peu presque un membre. En tout cas, une véritable amitié est née entre eux et moi, au cours de ces années. Ils étaient tous venus m'écouter lorsque j'avais présenté le programme de mon prix. Cela m'avait fait chaud au cœur : Maman n'avait pas eu l'autorisation de s'absenter de son travail.

J'aurais pu rester vivre avec eux, mais j'avais trouvé un poste de professeur dans un conservatoire. J'avais désormais un salaire qui me permettait de devenir autonome. J'avais trouvé un studio dans l'immeuble d'en face. Je continuais donc tout à la fois de m'occuper des enfants et de profiter de la harpe familiale, même si je possédais maintenant mon instrument personnel. J'étais très fière, de pouvoir inviter chez moi ceux qui m'avaient si bien accueillie lorsque j'étais arrivée à Paris. Tout compte fait, j'ai déduit de cette expérience, que j'avais appris autre chose que Nolwenn puisque le sort m'avait amenée à aller plus loin dans l'approche de la vie réelle.

Marie était très fatiguée par ce long monologue. Sa mère termina le récit.

– Nolwenn et Marie se voyaient très peu dans la capitale. Leurs vies d'insouciance s'étaient séparées là. Nolwenn sortait beaucoup avec ses amis. Marie n'avait ni le temps ni les moyens de la suivre. Elles se croisaient parfois dans un service d'orchestre ou dans un conservatoire quand l'une ou l'autre assurait un remplacement. Pourtant, chaque année, c'est avec un très grand plaisir qu'elles se retrouvaient à Lorient. Traditionnellement, elles passaient une journée ensemble à la fête foraine. Rien de tel qu'un tour sur la grande roue pour retrouver le bonheur simple de la vie d'avant. Cette année, elles seraient ensemble à l'orchestre du festival, la saison s'annonçait bien.

– Marie, je vais vous demander encore un effort. Savez-vous quelque chose sur la vie de votre amie, ici à Lorient ? Quelque chose qui pourrait nous aider ?

Dans un récit un peu décousu la jeune fille expliqua que certains des jeunes forains actuellement installés sur le site de la fête foraine, avaient été en classe avec elles deux. Chaque année, ils revenaient passer deux mois à Lorient au moment des fêtes de fin d'année. Ils étaient alors scolarisés dans la classe des « gens du voyage », classe qui se trouvait hébergée dans leur école. Toutes deux avaient conservé des rapports cordiaux avec certains forains. Nolwenn avait même entretenu une relation un peu soutenue avec Diego, actuellement responsable des autos tamponneuses.

Cette aventure s'était terminée lorsqu'elle était partie à Paris, mais ils étaient restés en bons termes et elle ne manquait jamais d'aller le saluer lorsqu'ils se retrouvaient à Lorient. Il semblait à Marie qu'ils devaient se voir, lundi soir, après la répétition, lorsqu'elles s'étaient quittées, mais elle ne pouvait l'assurer.

Elle ne se souvenait plus du nom de tous leurs anciens camarades de classe, mais elle croyait se rappeler que l'un d'eux s'occupait du train fantôme avec son père. Nolwenn avait enregistré quelques sons bizarres, quelques bruitages, destinés à déstabiliser les voyageurs de cet étrange équipage. Elle n'hésitait pas à faire de la figuration, à paraître en créature hideuse ou effrayante lorsqu'il manquait quelqu'un dans l'équipe.

Gildas fut impressionné par le récit de la jeune musicienne. Il n'imaginait pas à quel point les études de musique pouvaient être exigeantes et longues. Il ne pouvait s'empêcher de penser à son égérie qui, probablement, avait un parcours identique, mais espérait-il, moins semé d'embûches. Il se promit de le lui faire raconter à l'occasion. Il mesurait également la différence abyssale qui existait entre les milieux sociaux des deux amies, qui pourtant, étaient arrivées en même temps au même résultat. Deux caractères trempés, à n'en pas douter.

Ce qui était une évidence chez les étudiants en général devenait très compliqué chez ceux qui avaient choisi d'étudier la musique. Ceux-là devaient, en plus de leurs études et à cause d'elles, déployer des montagnes d'ingéniosité ne serait-ce que pour étudier. La musique, en effet, est moins silencieuse que la rédaction d'un mémoire de sociologie. Le travail technique tellement répétitif, les gammes, les traits d'orchestre sont souvent vécus comme un enfer par le voisinage. L'internat du lycée, même du lycée musical, n'était pas prévu pour cela. Les ennuis commençaient là. De plus, ces instruments qui font l'admiration de tous, ont un coût d'investissement puis de maintenance, qui cause bien du souci à ces jeunes étudiants.

Il avait vite compris que, même si elles avaient fait les mêmes études, les deux jeunes filles n'avaient pas pris le même chemin. Faire de telles études sans aucun budget familial relevait presque de l'héroïsme, en tout cas d'un engagement sans faille.

Enfin il avait été très surpris d'apprendre qu'une virtuose comme Nolwenn De Fontenelle pouvait entretenir des relations aussi amicales avec des forains, allant jusqu'à s'impliquer dans une attraction. Ce mélange des genres le laissait très perplexe. Y avait-il un rapport entre eux et la mort de la jeune femme ? Le crime de rôdeur semblait en effet totalement exclu.

Il téléphona au commissariat : l'un des lieutenants disponibles devait se rendre le plus vite possible pour recueillir le témoignage de Diego. Attention de ne pas déranger les forains dans un moment de grande affluence. La fin de matinée semblait une bonne heure. Eliot, fou d'autos tamponneuses, se porta volontaire immédiatement.

– Et surtout, rappelle-toi que nous n'avons pas beaucoup de temps. Ne teste pas le manège sur tes heures de travail ! lui rappela Gildas sur le ton de la plaisanterie.

Chapitre 7

Gildas comptait sur ses lieutenants pour réunir quelques renseignements plus précis sur les relations qu'entretenait Nolwenn avec la communauté des forains. Pour l'instant, il n'était question que de Diego Saolo, le propriétaire des autos tamponneuses. Les deux jeunes gens avaient eu une liaison amoureuse. Même si celle-ci était ancienne, même si elle semblait terminée, on ne pouvait exclure cette piste. Gildas avait demandé que cette rencontre informelle ait lieu le matin mais à une heure décente afin de ne pas perturber le travail des forains et s'assurer ainsi de leur coopération. En effet les forains, qui ne sont pas toujours disposés à aider les autorités, travaillent souvent jusqu'à une heure avancée de la nuit. Il convient de respecter ce décalage horaire pour espérer obtenir un témoignage intéressant.

Le lieutenant Duchemin se présenta au stand des autos tamponneuses vers onze heures. Un jeune homme vérifiait et astiquait les véhicules.

– Bonjour Monsieur, lui dit aimablement le jeune homme. Nous n'ouvrons que l'après-midi.

Sortant sa carte, le policier expliqua :

– Je ne suis pas venu faire un tour sur votre manège, malgré une grande envie. Je suis Eliot Duchemin, lieutenant de police, et je voudrais vous demander ce que vous savez, ce que vous pensez, de l'affaire qui secoue Lorient en ce moment.

– Pourquoi vous adressez-vous à moi ? Et d'ailleurs de quelle affaire s'agit-il ? Est-ce encore cette dame qui pense que nous lui avons volé son sac, ses lunettes ou pourquoi pas, sa gaufre ? Je suis étonné que la police se dérange pour ceux qui reviennent chaque année à la même époque. Bien que voyageurs, nous respectons les lois de la République depuis maintenant longtemps.
– Vous êtes bien Diego Saolo ?
– En effet, dit le jeune homme méfiant.
– C'est donc bien vous que je viens voir. L'objet de ma démarche n'a rien à voir avec cette histoire de voleur de sac à mains.
– Ah ! qu'est-ce qui vous amène ?

Le sourire du lieutenant était engageant. Le forain, sans laisser tomber sa méfiance, proposa :
– Puis-je vous offrir un café dans ma caravane ? Elle est installée à trois cents mètres d'ici. Je suis un peu à l'écart des autres forains pour la simple raison que je suis arrivé le dernier : je n'ai pas trouvé de place. C'est un peu dommage, mais d'un autre côté, je suis beaucoup plus près de notre lieu de travail.

Le lieutenant, après une imperceptible hésitation, accepta l'invitation. Un coup d'œil au cadre de vie des protagonistes peut souvent apporter de précieux renseignements. La caravane était meublée simplement mais avec un goût très sûr. Elle avait la taille d'un petit appartement. Après avoir fait asseoir le policier, Diego disparut dans la cuisine pour faire le café, ce qui donna à Eliot le loisir de regarder autour de lui. Une photo artistique encadrée par un professionnel, lui attira l'œil. Il se levait pour distinguer les traits de la personne figurant sur le cliché, alors que Diego arrivait avec un plateau contenant les tasses et quelques gâteaux.

– Je vous présente Nolwenn, dit-il gaiement en posant le plateau sur la table. Nous étions à l'école ensemble, de la maternelle à la classe de troisième. Nous avons eu une histoire tous les deux mais nous avons assez vite réalisé que, pour plusieurs raisons, cette relation ne pouvait tenir. La vie nous a séparés : elle est devenue musicienne, une grande violoniste, pendant que j'héritais du manège de mes parents. Pourtant nous gardons toujours une grande amitié l'un pour l'autre. Nous sommes d'une certaine façon, tous les deux des gens du voyage, mais il nous est apparu très vite que nous ne serions pas du même voyage. Nolwenn ne manque jamais de venir me saluer quand nous nous retrouvons ici ou ailleurs. Elle me disait parfois que notre rencontre était comme sa chanterelle[10], précieuse, mais fragile. C'est elle qui m'a fait cadeau de ce portrait.

– Chanterelle ? De quoi parlait-elle ?

– La chanterelle est la corde la plus aiguë du violon, la plus sensible aussi.

– Avez-vous vu Mlle De Fontenelle récemment ?

– Oui, hier. Nous nous sommes promenés le long du bassin à flots. Mais elle a changé. Elle n'est plus la fille simple, drôle et sans histoire que j'ai connue. Elle est devenue une personnalité très célèbre du monde de la musique. J'ai compris que je n'existais plus beaucoup pour elle. Nous n'avions plus grand-chose à nous dire. Je l'ai raccompagnée chez elle, sans entrer. J'étais triste. Je comprenais que

10- Corde de mi, la plus aiguë du violon.

j'étais encore amoureux d'elle mais que nous occupions chacun une place dans la société dont nous ne pouvions sortir. Elle ne serait jamais Madame Saolo. Je ne sais pas pourquoi je vous raconte cela. Sans doute ai-je du mal à tourner cette page. Et puis, dans notre monde, celui des forains, les relations entre garçons et filles sont encore « à l'ancienne ». D'une part le mariage est la seule issue à une telle relation vécue au grand jour. D'autre part, on épouse celle que l'on a présentée à la famille. Le changement d'avis de l'un ou de l'autre, la rupture des fiançailles, est une faute sociale. Enfin, je pense maintenant que Nolwenn n'aurait jamais pu s'habituer à notre mode de vie : la caravane est trop petite pour elle. Elle a besoin d'espace et de luxe. Le luxe des forains existe bien, mais il n'est pas celui de la famille De Fontenelle.

Eliot était perplexe. On avait l'impression que Diego ignorait tout de la mort de son amie. S'il faisait semblant, c'était un comédien exceptionnel.

– Au fait, je vous parle de Nolwenn, à cœur ouvert, mais qu'est-ce qui vous amène ?

– Justement, Monsieur, c'est Nolwenn.

– Elle n'a tout de même pas porté plainte contre moi, car je l'ai un peu bousculée hier soir ? J'ai bien compris que rien ne serait plus comme avant et je me suis un peu emporté. Croyez bien que je le regrette amèrement.

Apparemment, il ignorait la mort de Nolwenn. On ne pouvait pourtant pas exclure un sens aigu de l'art du théâtre.

– À quelle heure étiez-vous chez Mlle De Fontenelle hier soir ?

– Difficile de vous répondre, peut-être vingt et une heures

ou vingt deux heures, à un moment où ma sœur me remplace au manège.
– Vous avait-elle demandé de venir ?
– Non, je suis allée chez elle pour tenter de m'expliquer et surtout de m'excuser. Mais elle n'a pas ouvert. J'ai pensé qu'elle était vraiment très fâchée ou qu'elle dormait. Mais, pourquoi vous intéressez-vous tant à elle et, finalement, à notre relation ?
– Hélas Monsieur Saolo, je suis porteur d'une bien triste nouvelle : Nolwenn De Fontenelle est morte.

Le jeune homme marqua un temps d'arrêt avant de s'écrouler comme une poupée de chiffon. Comme Marie, il semblait totalement anéanti. Manifestement, la nouvelle était un vrai choc qui semblait le dédouaner de toute participation au meurtre. Reprenant ses esprits, il s'inquiéta :
– Si vous êtes le messager de cette nouvelle, c'est qu'elle n'est pas morte de mort naturelle, n'est-ce pas ? Que lui est-il arrivé ?
– Mlle de Fontenelle, selon toute vraisemblance, a été assassinée.
– Hein !! Je sais que ma question va vous paraître sordide, mais j'ai besoin de savoir : comment a-t-elle été tuée ?
– Elle a été étranglée.
– Mon Dieu ! dit le jeune homme ravagé en se signant. Dire que je n'ai même pas pu m'excuser auprès d'elle de mon mouvement d'humeur. Quand cela est-il arrivé ?
– Hier soir. Il est probable que lorsque vous avez sonné chez elle, elle était déjà morte. Avez-vous croisé quelqu'un ? Avez-vous remarqué quelque chose ?
– J'ai vu un monsieur qui promenait son chien, un mon-

sieur de l'immeuble je crois. À cette heure, dans cette rue, il n'y a pas grand monde.
– Elle avait d'autres amis dans la communauté des forains, n'est-ce pas ?
– Oui bien sûr, nous étions toute une bande d'enfants scolarisés à l'école Jean de La Fontaine lorsque les évènements nous menaient à Lorient.
– Savez-vous si elle avait gardé des liens avec d'autres que vous ?
– Oui elle aimait assister Kevin, dont les parents tenaient le train fantôme. Aujourd'hui, même si ses parents sont toujours là, l'attraction lui appartient. Ils lui ont confié leur manège. Kevin s'est engagé à les entretenir jusqu'à leur mort. C'est un peu notre système de retraite à nous autres forains. Nolwenn a enregistré pour lui, des musiques étranges, propres à entretenir le mystère de son attraction. Il lui arrivait aussi de payer de sa personne en intervenant, déguisée en fantôme, sur le trajet. Je l'ai même vue une ou deux fois tenir la caisse.
– Je vous remercie de votre témoignage très précis. Je vous souhaite du courage pour affronter, dans ces conditions, le monde de la fête. Je vous demanderai de passer au commissariat : mon collègue ou moi-même prendrons votre déposition. Je vous propose demain matin à dix heures. Les manèges ne sont pas en marche à cette heure-là.
– C'est entendu, Monsieur, Monsieur ?
– Duchemin, Lieutenant Duchemin. Mon collègue se nomme Bellec, lieutenant Gwendal Bellec. L'un de nous deux vous attendra.

En sortant de la caravane, Eliot jeta un coup d'œil autour

des manèges. Mais le campement des forains avait été établi à quelques encablures de là, le long du fleuve qui fait remonter la mer jusque dans les terres. Dès que possible, il passerait y faire un tour.

Diego sortit de sa caravane, le policier sur les talons. Il entra chez son voisin, le propriétaire d'un manège à sensations qui avait, lui aussi, installé son gîte à proximité de son travail. Eliot ne pouvait pas entendre la conversation. Il enrageait : il lui serait impossible de retracer cet échange. Il profita de ce moment pour jeter un coup d'œil autour de la caravane de Diego et il aperçut, dissimulée sous une bâche, une voiture puissante munie d'un attelage. Il nota le numéro d'immatriculation. C'était une voiture récente, d'un rouge éclatant.

Il s'empressa de rapporter à Pol Kermarrec l'essentiel de la conversation qu'il venait d'avoir avec le forain.

Chapitre 8

Le temps était compté, comme l'avait rappelé le commissaire. Les lieutenants s'étaient donc déployés pour effectuer les premières recherches. Pendant que Marie racontait à Gildas les parcours croisés de son amie et d'elle-même et qu'Eliot recueillait le témoignage du forain, Gwendal s'occupait de mener l'enquête de voisinage.

Gwendal était un vieux policier. L'expérience lui avait appris que les voisins en savent généralement peu sur l'évènement. Quand on ne sait pas, bien souvent, on invente, même de bonne foi. La vigilance est de mise. Il faut croiser les témoignages, parfois, poser plusieurs fois la même question. Par contre ils se trompent rarement sur la vie et la personnalité de la victime.

Gwendal se rendit donc à l'adresse de Nolwenn. L'immeuble était moderne. Il comportait trois étages. Les balcons étaient larges, presque des terrasses. Chacun avait à cœur de décorer le sien. Des bacs à fleurs aux nains de jardin, en passant par la mini serre potagère et les moulins à vent, la façade avait un petit côté « conte de fées ».

Gwendal sonna prudemment à la porte de la gardienne. Elle habitait, comme on le fait maintenant, au premier étage. De là elle avait une vue plongeante sur ce qui se passait sur le trottoir autant que sur ce qui pouvait arriver dans le jardin intérieur.

– Police, dit-il en présentant sa carte à la caméra de l'interphone.

La porte s'ouvrit aussitôt. Il pénétra dans un hall spacieux qui donnait sur un jardin, lui aussi, artistiquement agencé. Premier étage gauche avait répondu une voix chantante. La gardienne avait ouvert la porte de la loge afin qu'il ne se perde pas dans les couloirs, surtout qu'il n'aille pas là où il n'avait rien à faire. On sentait qu'elle n'avait pas une confiance absolue dans les institutions. C'est à regret qu'elle fit entrer le lieutenant.

Tout naturellement, c'est donc d'abord à elle qu'il demanda de lui confier ses impressions. Elle semblait bouleversée par ce qu'elle venait d'apprendre. La mort violente de l'une de ses ouailles était une chose totalement ahurissante. Mais elle commença par se plaindre au lieutenant des agissements de la police. Elle considérait les intrusions diverses et successives dans l'appartement de Nolwenn, les policiers, le médecin légiste, la police scientifique, comme autant de profanations.

Gwendal tenta de lui expliquer que ces investigations étaient indispensables pour retrouver le ou les coupables. Mais il ne la persuada pas.

Le logement de la gardienne était meublé sobrement. Quelques petits détails rappelaient au visiteur, qu'ici, il était en Bretagne : un triskell au-dessus d'un drapeau breton était affiché en bonne place sur le mur. Une photo grand format d'un sonneur de cornemuse trônait fièrement sur un bahut bigouden en chêne clouté.

– C'est mon fils dit-elle fièrement. Avec son *bagad*, l'an dernier, il a remporté le championnat des *bagadoù*.

Gwendal, concentré sur son enquête, écoutait d'une oreille distraite.
– Peut-être, lieutenant, ne savez-vous pas ce qu'est un bagad, dit-elle une pointe de reproche dans la voix.

Il se rendit compte que s'il voulait mettre de son côté l'un des personnages-clés de cette affaire, il devait tout écouter avec attention. Il eut droit à la définition détaillée de *bagad, bagadoù* au pluriel, avait rajouté la dame, puis au déroulement du concours des *bagadoù* de l'année passée, de la première à la dernière catégorie « à qui il restait bien du travail avant d'arriver à quelque chose » avait-elle précisé en connaisseuse.

Gwendal écoutait patiemment, commentait parfois grâce à un petit vernis de culture bretonne acquis au cours des années de pratique festivalière celtico-lorientaise.

Le courrier des habitants était sagement rangé dans des casiers de couleur. Gwendal demanda à prendre celui de Melle De Fontenelle. La femme fit signe qu'elle ne pouvait pas s'y opposer. Sous le regard réprobateur de la gardienne des lieux, il glissa les enveloppes dans un sachet de plastique. Enfin, elle fit asseoir le policier, puis s'installa en face de lui, posant la cafetière et deux tasses sur la table.

Point de paroles, le geste était éloquent. Gwendal versa du café dans les deux tasses, prenant soin de commencer par celle de la dame.
– Madame, connaissiez-vous bien Mlle De Fontenelle ?
– Bien, c'est beaucoup dire. Mlle Nolwenn, comme je l'appelais, n'habitait pas là depuis très longtemps. De plus, elle n'y venait que l'été. Le reste de l'année, elle habitait à Paris. C'était une jeune femme charmante, toujours un mot

gentil. Parfois elle m'offrait un disque qu'elle avait enregistré. Une fois, elle m'a même donné des billets pour aller à la fête foraine avec mon fils.
– Savez-vous si elle recevait du monde ?
– Pour ça oui ! pas forcément souvent, mais les fêtes qu'elle organisait étaient, comment dire, très joyeuses, voire un peu bruyantes. Les autres habitants de l'immeuble s'en plaignaient parfois. Entre nous, certains sont de vieux ronchons. Mlle Nolwenn travaillait beaucoup, il fallait bien qu'elle se détende.
– Savez-vous qui étaient ses invités ? Etaient-ce toujours les mêmes ?
– Oui c'était souvent les mêmes. Ils se connaissaient : une bande d'amis. Mais, moi, je ne les connaissais pas, au sens où je ne leur avais jamais parlé.
– Pensez-vous qu'ils étaient musiciens comme elle ?
– Je n'ai pas l'impression, mais des artistes, sûrement. Certains avaient une drôle d'allure.
– Quel genre ?
– Un peu voyou : jean troué, la casquette à l'envers, ni bonjour ni bonsoir, vous voyez ce que je veux dire. Mais je pense que c'était leur côté « artiste actuel ». On ne juge pas les gens sur leur mine, n'est-ce pas ?
– Bien sûr ! Pourriez-vous les reconnaître ?
– Certains, sûrement, surtout les deux derniers. La semaine dernière, Mlle De Fontenelle avait invité deux nouveaux garçons. Ceux-là m'ont fait un peu peur.
– Ah bon ! et pourquoi ?
– Je ne sais pas. Leur coiffure étrange, leurs tatouages et leurs piercings leur donnaient un peu mauvais genre,

comme aurait dit ma grand-mère. C'était sans doute des gitans. Alors, vous savez ce qu'on dit... J'avais trouvé étrange que Mlle Nolwenn invite de tels personnages chez elle.

La femme semblait troublée au souvenir de ces visages.

– Pourriez-vous les reconnaître ?

– Pour ça oui, sans aucun problème.

– Il serait bien que vous passiez au commissariat : on vous montrerait des photos.

– Je verrai, si je trouve le temps.

– Lundi soir, avez-vous entendu ou vu quelqu'un monter chez Mlle De Fontenelle ?

– Honnêtement, Lieutenant, je n'ai pas fait attention. Toutefois je peux dire que, comme je sortais les poubelles, le lundi nous sortons les poubelles jaunes, les plus remplies, j'ai vu une voiture se garer juste devant le perron de l'immeuble.

– Pouvez-vous m'en dire plus ? Avez-vous vu qui conduisait cette voiture ?

– Non, je ne sais pas.

– Un homme, une femme ?

– Je n'ai pas fait attention.

– Vous souvenez-vous de la couleur de la voiture ?

– Oui il s'agissait d'une petite voiture rouge.

– De quelle marque ?

– Alors, ça, mon pauvre monsieur, je n'y connais rien du tout. Personnellement, je me déplace à vélo, c'est plus écolo.

– Peut-être avez-vous noté le numéro d'immatriculation, demanda-t-il sans conviction.

La réponse fut cinglante :
– Sûrement pas, je ne suis pas flic, moi. Oh ! Excusez-moi, Lieutenant, je ne vous en veux pas personnellement, chez moi c'est quasiment un réflexe.

Gwendal fit signe qu'il ne lui en tenait pas rigueur. Il prit congé en remerciant chaleureusement la dame pour son café, mais aussi pour sa coopération.
– Merci Madame. Vous m'avez été d'une grande aide. Maintenant, je vais interroger les habitants de l'immeuble, conclut le policier en quittant la loge.

Avant de partir il retenta sa chance :
– Auriez-vous tout de même la gentillesse de passer au commissariat. On vous montrerait quelques photos. Peut-être reconnaîtriez-vous des visages.
– Vous pensez que c'est l'un d'eux qui a fait le coup ?
- Je n'ai pas dit cela, je n'en sais rien et, comme vous dites, on ne peut juger les gens sur leur mine. Néanmoins peut-être l'un d'eux pourrait-il nous mettre sur une piste.
– Je verrai, bougonna la femme hésitant entre capituler devant l'institution policière et apporter son aide dans une enquête qui aurait un retentissement, au moins local, très important.

Au premier étage, juste face à la porte de la gardienne, une petite dame répondit à son coup de sonnette. Méfiante, elle avait installé un entrebâilleur.

Gwendal dut lui faire passer sa carte par la porte entrouverte pour qu'elle accepte de le recevoir. Elle s'excusa :
– Avec tout ce qui se passe, n'est-ce pas ! il ne faut pas m'en vouloir, lieutenant. Mais entrez donc !

Entrant chez la vieille dame, Gwendal eut la surprise d'y trouver presque tout l'immeuble. Les voisins, dont la moyenne d'âge devait avoisiner les soixante dix ans, commentaient l'évènement autour d'une tasse de thé. Chacun y allait de son explication. La vieille dame si méfiante, lui offrit de se joindre à eux pour le thé. Le policier se félicitait intérieurement de cette réunion impromptue. Il pourrait interroger tout le monde en même temps. Cela lui économiserait du temps. De plus, un interrogatoire collectif pouvait éviter les erreurs ou les miroirs grossissants de certains témoignages. Tout de même, en trente ans de carrière, c'est bien la première fois qu'il menait une enquête de voisinage installé dans un fauteuil Louis XVI au confort d'un autre âge, une tasse en porcelaine dans une main, une part de *far* dans l'autre. L'ambiance était en même temps feutrée et excitée, retenue et au bord de l'explosion de paroles. Dans ce grand salon se trouvaient plusieurs fauteuils, chacun référent d'une époque différente. De Louis XIII à l'Empire, on était dans un livre d'histoire. Trois petites tables, qui n'auraient pas déparé dans un salon du Grand Siècle, accueillaient les plateaux de cette collation. Dans un coin plus obscur se trouvait une table de jeu. La Bretagne, sans être totalement absente de ce décor, restait discrète. Deux tableaux de célèbres maîtres de l'Ecole de Pont-Aven ornant l'un des murs y faisaient allusion.

Une fois les usages et conventions passés, Gwendal expliqua qu'il enquêtait sur la mort de leur voisine, Mlle de Fontenelle.

– Ah *Va Doue* ! s'exclama une vieille dame, faisant mine avec un talent inimaginable de croire qu'elle ne savait pas

pourquoi le policier était là.
– Vous la connaissiez bien ?
– Bien c'est beaucoup dire !
– Vous n'imaginez pas ce qu'il peut être fatigant d'être la voisine de cette jeune fille, dit une autre dame.

Les voisins étaient choqués par la mort violente de leur jeune voisine. Pourtant, certains avouaient qu'ils lui auraient bien « tordu le cou » les jours et surtout les nuits où elle faisait tant de bruit.

– Mais, dit Gwendal, laissant croire à son interlocutrice qu'il pensait qu'elle faisait allusion au violon, il était normal qu'elle fît un peu de bruit, elle était violoniste. C'est avec la musique qu'elle gagnait sa vie. Franchement, le violon n'engendre pas forcément la colère, d'autant qu'elle jouait très bien.
– Mais ce n'est pas le violon qu'on lui reprochait. Ça, c'était même plutôt une chance pour nous dit l'hôtesse. Une merveilleuse musicienne précisa-t-elle en connaisseuse.
– Ah ! mais qu'est-ce qui vous dérangeait alors ?
- La petite, sous ses airs de musicienne sérieuse, organisait dans son appartement des fêtes où circulaient des personnes bizarres.
– Pas que des personnes, dit un monsieur qui semblait très âgé, il y avait aussi des produits.
– Vous voulez dire de l'alcool ?
– S'il n'y avait eu que l'alcool !!!! Nous avons tous été jeunes !
– Vous pensez qu'il y avait autre chose ?
– Dam' oui reprirent en choeur trois des femmes.
– Et pas ce qui s'achète au bureau de tabac, si vous voyez

ce que je veux dire, chuchota un petit homme tellement immobile qu'on aurait pensé que c'était une statue.

– Ah, c'est bien vrai, ça !

Les langues commençaient à se délier. Les voisins dressaient de la jeune fille un portrait bien différent de celui affiché à l'orchestre et au conservatoire.

– Pensez-vous que Mlle De Fontenelle se droguait ?

– Elle, je ne sais pas, mais je n'aurais pas trop aimé voir mes petits-enfants fréquenter sa bande d'amis.

– On sait bien que ces produits ne sont pas en vente au SPAR d'à côté, vous comprenez, Commandant.

– Lieutenant !

– Heu ! Lieutenant. Pour être certaine d'avoir de quoi faire une belle soirée planante, comme elle disait, elle n'hésitait pas à inviter ses… heu… fournisseurs. Je ne vous explique pas l'ambiance…

– Mais si, justement expliquez-moi.

– Un jour, ou plutôt une nuit, que la musique était tellement forte, à trois heures du matin, je suis allé sonner chez elle pour lui demander de baisser le son. Ils étaient une demi-douzaine, affalés sur les fauteuils, sur le tapis, deux d'entre eux étaient vautrés sur le canapé dans une position sans équivoque possible. Mlle De Fontenelle, très gentiment, car elle était par ailleurs fort gentille, a baissé la musique, mais l'un de ses heu… invités a crié très fort que nous étions en démocratie, etc.

– Nous avions si peur que la situation ne dégénère, dit le vieil homme, que nous avons décidé de ne rien tenter sur le moment.

– Avez-vous porté plainte ?

– Oui, évidemment. Le lendemain, nous sommes allés au commissariat. Mais apparemment, Mlle De Fontenelle avait des appuis. L'affaire a été classée sans suite.
– Tout de même, dit une dame que l'on n'avait pas encore entendue, aucun de nous n'aurait eu l'idée de la tuer pour cela !

En chœur, tous les voisins appuyèrent cette réflexion, ce qui rendit perplexe le policier. Ces gens, de bons chrétiens probablement, avaient-ils eu l'idée de s'en prendre à la jeune fille ? L'hypothèse, même assez peu vraisemblable, n'était pas à évacuer tout de suite, ils étaient trop pressés de s'en défendre. Certains pouvaient à peine se déplacer, aucun d'entre eux n'aurait eu la force nécessaire pour étrangler la jeune fille. Mais la complicité d'un fils ou d'un petit-fils n'était pas à exclure.
– Avez-vous remarqué quelque chose de particulier hier soir ?
–Vers quelle heure ?
– Difficile à dire. La répétition s'était terminée vers dix sept heures, le temps de la commenter autour d'un verre, Mlle De Fontenelle a dû rentrer vers dix neuf heures. Le couvert était mis, manifestement elle attendait quelqu'un, mais qui ?
– C'est probablement cette personne qui l'aura tuée. Au fait comment a-t-elle été tuée ?
– L'enquête le précisera. Vous n'avez croisé personne dans l'escalier ? Personne parmi vous ne peut me fournir un détail qui orienterait mes recherches ?
– Je serais tentée de penser que c'est un coup de cet escogriffe tatoué avec une boucle d'oreille dans le nez, dit la

propriétaire du lieu.
– Je pense comme vous, dit le vieux monsieur.
– À coup sûr, un de ces bohémiens qu'elle avait invités. Avec ces gens-là, n'est-ce pas…

Laissant sa phrase en suspend, une vieille dame laissait fortement parler sa pensée. Gwendal sentait que la situation dérapait. Il changea de sujet.
– La gardienne m'a parlé d'une petite auto rouge qui s'était garée devant l'immeuble. Certains d'entre vous ont-ils vu ce véhicule ?
– Maintenant que vous le dites, Lieutenant, c'est vrai qu'une voiture rouge s'est rangée le long du trottoir vers cette heure-là. N'est-ce pas vous autres ? lança la dame à la cantonade.
– C'est parfaitement exact, dit le vieil homme, mais ce n'était pas ce que l'on peut appeler une petite voiture, plutôt un genre de véhicule pour tracter les bateaux, voire … les caravanes, susurra-t-il d'un air entendu.
– Oh ! ne pensez-vous pas que vous exagérez M. Cozik ? Je maintiens que cette voiture était petite.
– Disons moyenne concéda l'homme. En tout cas elle comportait un élément permettant l'attelage. La voiture s'est garée exactement à vingt et une heures trente, au moment où je regardais l'heure pour prendre un médicament que je dois avaler chaque jour à la même heure.
– Pas du tout, il était bien vingt deux heures.
– Non je maintiens que la voiture était grande et qu'il était vingt et une heures trente.
– Il y avait peut-être deux voitures, suggéra le lieutenant. Quelqu'un aurait-il vu le conducteur ou la conductrice ?

Ils se regardèrent tous. Manifestement personne n'aurait pu dire qui conduisait ce ou ces véhicules. Pour ne pas perdre la face et orienter, donc accélérer les recherches, les suppositions allèrent bon train :
– Il me semble que c'était un homme. D'ailleurs pour conduire une telle voiture, pour y atteler un bateau ou une caravane, ce ne peut être qu'un homme.
– Comment était-il habillé ?
Tous les codes vestimentaires y passaient, insistant principalement sur ce que l'on voit – ou croit voir – chez les propriétaires de manège. La situation échappait au lieutenant. Il était temps de laisser ce petit monde à ses élucubrations.
– Mesdames, Messieurs, je pense que j'ai assez abusé de votre temps. Je vous remercie de votre accueil et de toutes les précisions que vous m'avez confiées, tout à fait de nature à faire avancer l'enquête.
Il fit circuler une feuille où chacun nota ses coordonnées, façon peu classique de relever l'identité, mais totalement adaptée à la situation. Il sentait bien qu'il serait difficile de faire venir tout le monde au commissariat. Il reviendrait donc avec les documents officiels pour faire signer les dépositions au cas où ce serait nécessaire.
– Si jamais quelque chose vous revenait, n'hésitez pas à me téléphoner.

Il prit congé en laissant sa carte. En repassant devant la loge de la concierge, il frappa de nouveau :
– Excusez-moi, Madame, de vous déranger à nouveau. J'ai pu recueillir les témoignages, du reste assez précis, des occupants de l'immeuble. Pouvez-vous me dire si des per-

sonnes extérieures viennent régulièrement rendre visite à l'un ou l'autre d'entre eux ?
– Oui. Vous avez pu constater qu'il y a beaucoup de personnes âgées. Certaines reçoivent souvent la visite de leurs petits-enfants. D'ailleurs Mlle De Fontenelle avait sympathisé avec deux d'entre eux et les invitait à chacune des soirées qu'elle organisait.
– Connaissez-vous les noms de ces jeunes gens ?
– Seulement les prénoms : l'un, le petit-fils d'un très vieux monsieur que vous avez dû voir, s'appelle Théophile et l'autre, le petit-fils d'une dame, la bonne soixantaine, corpulente et, malgré tout, très élégante, se nomme Eric. Je ne leur ai pas beaucoup parlé, juste bonjour, bonsoir. Théophile semblait aussi gentil et prévenant qu'Eric était bourru et insolent. Ce n'est pas parce que je distribue le courrier et que je sors les poubelles que l'on doit me manquer de respect, n'est-ce pas, Lieutenant !
– Certes non ! Donc ces deux jeunes gens fréquentaient les soirées de Mlle De Fontenelle ?
– Surtout Eric. Théophile, je ne l'ai vu entrer qu'une seule fois chez elle.
– Mlle De Fontenelle recevait-elle des visites en dehors de ces soirées ?
– Oui parfois.
– Savez-vous qui elle voyait ?
– Parfois, un homme avec un violon?
– Pouvez-vous me le décrire ?
– Une petite trentaine, assez grand, élégant, un monsieur très poli. Il semblait assez sûr de lui. Je me demandais si ce n'était pas son professeur de violon. Une jeune fille, à peu

près de son âge venait aussi à l'appartement, très rarement, celle-là. Je ne l'ai vue qu'une fois. Petite, mince, les cheveux bruns relevés en chignon, le regard triste. Elle était très réservée, timide, même. D'ailleurs ces deux-là sont passés le jour du ...

Elle n'arrivait pas à finir sa phrase.

– Enfin vous voyez de quoi je veux parler. Ils ont dû être bien déçus de ne pas trouver leur amie. Les pauvres, s'ils avaient su !

– Vers quelle heure sont-ils passés ?

– La jeune fille est passée la première. Je ne sais pas bien vous dire. J'avais déjà dîné – je dîne toujours de bonne heure – peut-être est-elle venue vers vingt et une heures. Le violoniste est arrivé environ une heure après. Un homme est passé devant la loge, un peu plus tôt, mais je ne sais pas chez qui il se rendait : je regardais la télévision. Je n'ai pas fait attention.

– Pourriez-vous le décrire ?

– Non, je vous dis, je ne l'ai qu'aperçu. Et puis, il avait plus une allure à fréquenter « mes petits vieux ».

L'une des descriptions correspondait à Jules alors que l'autre traçait le portrait de la harpiste.

– Je vous remercie infiniment de votre obligeance, Madame. Comme je vous le disais tout à l'heure, je vous demanderai, comme à vos locataires...

– Ils sont tous propriétaires. Ils n'aimeraient sûrement pas être traités de locataires.

– Pardon ! donc comme aux copropriétaires, d'essayer de trouver un moment pour venir au commissariat. Peut-être reconnaîtrez-vous l'un des invités de Mlle De Fontenelle

sur les photos que l'on vous montrera.
– J'essaierai, comme vous dites, de trouver un moment. Je ne peux vous le garantir.
– Au revoir, Madame.
– Au revoir Lieutenant.

Arrivé sur le trottoir, le policier se sentait délivré d'un poids. Le salon, le thé, les jugements des uns, les suppositions – voire les suggestions – des autres, l'avaient usé. Il s'arrêta boire une bière dans le premier bistrot. Il en profita pour envoyer son rapport à Pol Kermarrec ainsi qu'à Gildas. Il devait informer de la présence sur les lieux d'une voiture rouge, peut-être deux, dont on ne connaissait ni la marque ni la taille. L'une comportait une boule d'attelage. Il précisa que ces véhicules que nul ne connaissait dans le quartier, n'avaient peut-être rien à voir avec l'affaire. Il signala également la présence, dans l'immeuble au moment du crime, de deux individus dont l'un ressemblait à Jules et l'autre faisait penser à Marie.

Chapitre 9

Après la visite éprouvante chez Marie Le Goff, le capitaine Le Doussal s'était accordé une promenade devant la mer, sur l'espace nouvellement aménagé du Péristyle, afin de réfléchir à tout ce qu'il venait d'apprendre. L'émotion n'est jamais bonne conseillère. Le soleil, le bruit du clapot, le mouvement du pont que l'on avait ouvert pour laisser passer un bateau sortant du bassin à flots, étaient propices à un retour au calme. Installé sur un banc le long du quai de l'avant-port, il avait mangé un sandwich avant de retourner dans l'appartement de Nolwenn.

Même s'il était impatient de connaître les détails de l'enquête de voisinage menée par Gwendal qui avait passé sa matinée à interroger les voisins, il voulait essayer de rencontrer la victime chez elle, à l'éclairage du témoignage poignant qu'il venait de recueillir. Il souhaitait tenter de reconstituer la vie de la jeune violoniste en explorant son cadre de vie, en reconstituant ses habitudes. Il espérait trouver des marques de ses amis, de ses ennemis aussi, avant d'interroger ses proches. Finalement il commençait à prendre goût aux techniques de Fabienne, mais il manquait de pratique.

L'appartement était meublé avec goût. Le rose, couleur dominante, était décliné, des murs au mobilier, dans un savant camaïeu. Le parquet de chêne foncé offrait un élégant contraste. Une superbe table en châtaigner et un buffet ancien apportaient une note aristocratique au lieu. Les très nombreuses photos qui ornaient les murs procuraient au policier des renseignements qui pouvaient s'avérer très précieux. La jeune fille avait manifestement beaucoup d'amis. Les soirées à Courchevel autant que les arrivées en voilier au port de Groix laissaient clairement imaginer son train de vie.

Dans sa chambre, il trouva des représentations de scènes de la fête foraine : le train fantôme où elle apparaissait en féroce créature, armée d'un violon sanguinolent et les autos tamponneuses où elle était photographiée au volant de l'une des machines. Il trouva également quelques représentations de soirées organisées dans son appartement, sur lesquelles figuraient des filles et des garçons que l'on ne s'attendait pas à trouver dans un quartier aussi tranquille. Gildas pensa que, peut-être, les voisins avaient eu des choses à raconter à son adjoint. Il glissa quelques-uns de ces clichés dans sa poche. Il pensait qu'il n'aurait pas trop de mal à mettre des noms sur ces visages.

Entre la musique classique, les forains, l'univers bourgeois et l'incursion dans ce qui ressemblait au monde louche de la drogue, cette visite était pleine de surprises. Apparemment, par son talent, son arrogance aussi, la déstabilisation provoquée par la mort prématurée de sa mère, peut-être aussi son rang de riche héritière, elle n'avait pas non plus que des amis. Mais de là à la tuer, la chose semblait difficile à croire.

Il rentra au commissariat avec quelques objets, dont l'ordinateur et le smartphone de la victime. Il n'avait pas réussi à ouvrir les appareils qui étaient protégés par des codes sophistiqués. Mais, le capitaine en était certain, Pol Kermarec, l'informaticien-maison saurait les faire parler.

Gildas était songeur : sans raison apparente, il lui semblait que Marie détenait une partie de la clé de cette affaire. Il retournerait la voir. Il s'appliqua à mettre par écrit les moments importants du témoignage de la harpiste.

Chapitre 10

Gildas n'avait pas pris le temps de souffler. Il prendrait un thé avant d'aller interroger Jules Bérard et, si possible, les membres de l'orchestre à la sortie de leur répétition. Il avait juste le temps d'arriver avant que les musiciens ne se dispersent.

Une fois au théâtre, il attendit patiemment. Installé dans les pendrillons[11], côté jardin[12], il avait une vue d'ensemble sur ce qui se passait sur la scène. La répétition se terminait dans quelques minutes. Au coup de trompette sonnant la fin de la séance, les musiciens se dispersèrent pour une pause de deux heures. Ce soir, ils n'iraient pas se détendre à « L'Accastillage » : toute l'équipe était en deuil. Mais « le spectacle continue, c'est la loi des artistes ». Exceptionnellement, ils reprendraient la répétition après le dîner.

Gildas ne s'attendait pas à cette prolongation de la journée de travail. Il savait qu'il ne pouvait interroger tous les musiciens en moins de deux heures. Il choisit donc de commencer par Jules.

Il se précipita pour aborder le violoniste avant qu'il ne quitte la scène :

11- Les pendrillons sont des rideaux de faible largeur qui cachent les coulisses. Ils permettent – notamment aux techniciens – de voir sans être vus.

12- Les professionnels de la scène, artistes et techniciens, parlent de « côté cour » et « côté jardin » plutôt que de gauche ou droite, ce qui serait générateur d'erreurs.

– Bonjour M. Bérard, dit-il, je suis le capitaine Gildas Le Doussal. Puis-je m'entretenir avec vous quelques instants ?
– Bien sûr, répondit aimablement le musicien.

Il signala seulement qu'il disposait de peu de temps, la répétition avait été différée de quelques heures mais il ne pouvait s'en absenter trop longtemps puisqu'il avait dû reprendre le travail de premier violon. Il se lança dans une explication, qui lui semblait aussi importante que limpide, sur le rôle et les responsabilités incombant au premier violon à l'orchestre en général et sur les spécificités de ce poste à l'orchestre du festival. Gildas le laissant filer son monologue sans l'interrompre, en profitait pour l'examiner : allait-il se trahir ? Était-il en train d'essayer de le perdre ? Où seraient les failles du récit qu'il allait lui servir ? Était-il stressé ? En tout cas, il ne laissait rien paraître d'une éventuelle angoisse liée à un témoignage potentiellement accusateur. Mais, pensait Gildas, il a l'habitude de maîtriser ses émotions, c'est même le cœur de son métier, il vient justement de le dire.

– J'irai droit au but, M. Bérard. Nous sommes pressés par le temps, le festival commence dans deux jours, excusez-moi d'être un peu direct. Quelles étaient vos relations avec la victime ?

– Nolwenn était une jeune violoniste extrêmement brillante. Elle avait décroché son prix au conservatoire de Paris très jeune. Cela avait généré, chez elle, un goût immodéré du succès, comme l'on dit familièrement, « elle avait attrapé la grosse tête ». Elle supportait mal qu'on la précède. Je l'avais dirigée vers certaines opportunités, je suis sans doute l'un des rares violonistes dont elle acceptait les conseils.

Elle savait parfaitement que ce n'était pas son seul talent qui l'avait propulsée à la tête de l'orchestre du festival, mais bien son père, qui ne savait rien lui refuser, surtout depuis la disparition tragique de sa mère. Lorsque j'avais appris cette nouvelle, je m'étais mis fort en colère après le « grand Manitou » du festival. Être riche et puissant ne lui donnaientt pas tous les droits. Nolwenn, étourdie de bonheur par cette promotion, n'avait pas écouté mes recommandations. Elle avait accepté ce poste, au risque de se faire des ennemis dans le milieu, mais aussi de déstabiliser l'orchestre. Une telle formation demande à son violon solo des réactions, des réponses que ne peuvent apporter que des musiciens expérimentés.

Sans discussion possible, sans raison professionnelle non plus, je me suis donc retrouvé violoniste de rang. Même si l'orchestre du festival ne compte pas parmi les plus prestigieuses formations de la planète, ce n'est pas dans la tradition d'agir ainsi. Aucun musicien n'apprécie d'être rétrogradé de cette façon, je pense. Cela n'a donc pas arrangé une relation qui commençait à se détériorer.

– Depuis quand vos relations s'étaient-elles dégradées ?

– Depuis qu'elle m'avait emprunté des partitions sans me les rendre. Lorsque je les lui avais réclamées, elle m'avait expliqué qu'elle les avait oubliées dans le métro, donc perdues. Pas un mot d'excuse, j'avais même eu droit à une plaisanterie du genre « il n'y a pas mort d'homme ». Une telle attitude m'avait mis très en colère. Il faut avouer que je suis un peu « soupe au lait », comme disent mes collègues. Je m'emporte vite, mais ce moment est toujours très éphémère. De plus ces partitions m'avaient fait défaut à l'Orchestre National de France, mon orchestre de rattachement. Cet orchestre est une vieille institution, un peu rigide, avec des codes et des règlements très précis : les partitions perdues doivent être remplacées aux frais de celui qui les a égarées. Je n'avais plus le temps d'en chercher d'autres car elles étaient rares. J'avais alors dû jouer par cœur, ce qui m'avait prodigieusement compliqué le travail, vous l'imaginez aisément.

– Cet évènement remonte à longtemps ?

– Environ deux mois, peut-être trois.

– J'imagine que, lorsque vous êtes arrivé ici et que vous avez vu Nolwenn à votre place, votre colère a dû être terrible.

– J'ai été prévenu par M. De Fontenelle lui-même. Il m'a convoqué avec le directeur du festival pour me l'annoncer. J'avoue que j'étais plus que furieux, hors de moi.

– Oui évidemment : qui supporterait cela ?

– J'ai d'abord eu l'idée d'abandonner purement et simplement ce travail, de prendre des vacances. Mais j'ai pensé au festival auquel je suis très attaché et j'ai osé l'idée que, en cas de problème, je pourrais peut-être servir à quelque chose.

– Et ce problème est arrivé. Vous avez, en quelque sorte, retrouvé votre place.

– En effet, mais je n'imaginais pas une seule seconde les circonstances qui m'amèneraient à reprendre ce poste.

Gildas posa alors cette question qui sembla, dans un tel contexte, tellement incongrue et tellement innocente à la fois :

– Monsieur Bérard, vous possédez bien une voiture ?

– Oui.
– Quelle est la couleur de votre véhicule s'il vous plaît ?
– Ma voiture est noire, pourquoi ? Remarquez, elle est restée à Paris, je suis venu en train.
– Et votre épouse, est-elle, elle aussi, venue en train ?
– Non, elle est venue jusqu'ici avec notre vieux break qui contient à la fois les bagages et les enfants, sans oublier le chien. Pourquoi vous intéressez-vous aux véhicules de la famille ? Quel rapport avec l'affaire ?

Mais Gildas continuait :
– Vous avez bien loué une maison pour l'été du côté de Larmor-Plage ?
– En effet, chaque année, nous louons une petite maison pour le mois d'août. Ainsi les enfants profitent de la plage pendant que je suis occupé à l'orchestre. Il me reste ensuite quinze jours complets à passer avec eux. Mais, vous êtes mal renseigné : cette année, nous avons dû nous éloigner un peu de Larmor, il n'y avait plus de disponibilités.
– Où avez-vous pris vos quartiers d'été ?
– À Fort-Bloqué. C'est plus loin, mais l'accès à la plage est immédiat. Pour ma femme c'est plus pratique : vous savez, aller à la plage avec deux enfants, c'est toujours un vrai déménagement, alors une maison les pieds dans l'eau, c'est le rêve absolu.
– Ainsi, vous avez la voiture pour venir à Lorient.

Gildas sentait son suspect lui échapper.
– Non, mon épouse ne peut pas rester sans voiture si loin de la ville. Il suffit d'un petit problème et l'on est bloqué. J'ai loué une petite voiture pour les trois semaines que je passe au festival.

Gildas retenait son souffle :
– Ah bien sûr je comprends, dit-il ! De quelle marque est cette voiture ?
– Je n'ai pas fait trop attention. Il s'agit soit d'une Twingo, soit d'une C1. En tout cas, pour me transporter avec mon violon, je n'ai pas besoin d'un semi-remorque, plaisanta Jules parfaitement détendu.
– De quelle couleur est-elle ? demanda Gildas
– Ah ! ça, je le sais très bien : j'ai demandé une voiture rouge pour pouvoir la repérer plus vite dans les parkings.
– Ah, dit Gildas, en se caressant le menton comme toujours quand il est dans un moment intense. Pouvez-vous, s'il vous plaît, me donner les coordonnées du loueur ?
– Bien sûr, mais pourquoi diantre vous intéressez-vous à cette voiture qui n'est même pas la mienne ?

Jules sortit une carte de son portefeuille et la tendit au lieutenant en disant :
– Je suis désolé de ne pouvoir rester plus longtemps, c'est presque la fin de la pause. J'aimerais avaler quelque chose avant de rejoindre l'orchestre. J'espère que je vous ai été utile et que mon témoignage contribuera à l'émergence de la vérité. Ce qui est arrivé à notre collègue est ignoble. Il ne faudrait pas que ce crime reste impuni. En cas de besoin vous pouvez me joindre sur mon portable.

Jules donna sa carte personnelle. Gildas n'était pas complètement convaincu de son innocence, mais le musicien ne devait rien savoir des soupçons qui pesaient sur lui.
– Avant de partir, M. Bérard, une question de routine que nous posons à tout le monde : que faisiez-vous mardi soir entre dix-huit heures et vingt et une heures ?

- Oui je comprends. Après la répétition, je suis allé prendre un verre avec toute l'équipe. Après j'ai voulu passer chez Nolwenn mais elle ne m'a pas ouvert. J'ai pensé qu'elle était vraiment en colère, qu'il fallait laisser passer la nuit. Donc je suis rentré à Fort-Bloqué. Si j'avais su !
– Pourquoi pensiez-vous qu'elle était si fâchée ?
– Au café où nous avons l'habitude de nous détendre tous ensemble, j'avais tenté de lui expliquer à nouveau que ce qui se passait à l'orchestre la desservirait plus que n'importe quoi, qu'elle pouvait encore renoncer. Je lui ai dit qu'elle pouvait parfaitement intégrer notre équipe comme violoniste de rang pendant un an ou deux, histoire de se mettre au courant. Puis, je lui aurais laissé la place de premier violon avec plaisir. Elle était partie dans une colère noire. Elle était alors revenue sur l'affaire des partitions égarées. Elle m'avait traité de rancunier mais aussi d'arriviste, de vendu, j'en passe car Nolwenn avait un langage parfois surprenant. Elle avait alors quitté le bar prétextant un malaise soudain.
– Vos collègues ont-ils été les témoins de cet échange ?
– Non, nous nous étions éloignés. Peut-être ont-ils tout de même entendu les cris de Nolwenn qui s'est exprimée sans retenue.
– Je vous remercie de votre coopération, Monsieur Bérard. Je vous demanderai de passer au commissariat signer votre déposition.
– Oui bien sûr.
– Est-ce que jeudi après-midi serait un bon moment ?
– Tout à fait, nous avons quartier libre avant la générale du soir.

– Alors, à jeudi !

En passant par le parking du théâtre, Gildas nota à tout hasard le numéro d'immatriculation de la C1 rouge, louée, paraît-il pour quelques semaines. Pol Kermarrec aurait tôt fait de vérifier cette information. Il se promit de revenir après la répétition interroger les autres musiciens mais aussi les techniciens du théâtre. Entre-temps, il allait grignoter quelque chose sur la fête foraine.

En route il croisa quelques festivaliers. Manifestement, pour eux, la fête avait commencé et c'est avec une joie qui, en d'autres circonstances, eût été communicative, qu'ils tentèrent d'embarquer le policier dans leur tournée jubilatoire.

Devant le refus poli que leur opposa Gildas, l'un d'eux devint insistant :

– Viens avec nous, l'ami, c'est la fête, une fête partie pour quinze jours, quinze jours pour danser, boire, fumer quelques pétards, et plus si affinités.

– Mais je travaille. Malgré l'envie qui me tenaille, je ne peux pas venir avec vous.

– Mais que fais- tu ? Aucun boulot ne doit empêcher de se lâcher au Festival Interceltique, au moins pour une soirée.

– Heu, je suis fonctionnaire.

– Fonctionnaire, tu te fous de nous. Autant dire Rond de cuir ! Comment peut-on préférer traîner sa carcasse derrière un bureau à s'offrir une virée au festival ? Arrête de travailler, c'est tout. Détends-toi ! D'accord, le shit, ce n'est pas forcément compatible avec la fonction publique, mais ça ne se refuse pas. C'est promis, on ne dira rien aux flics.

Gildas faillit partir d'un grand éclat de rire. Ce grand

échalas, couvert de tatouages et de piercings, une barbe de huit jours et une coupe de cheveux hasardeuse, lui promettait de ne pas le dénoncer à la police s'il se décidait à se joindre à cette bande de joyeux lurons.

Ce petit épisode très festivalier l'avait un peu détendu. Il revint vers le théâtre, mais la répétition avait fini plus tôt que prévu. Luc, le tromboniste–régisseur, fermait les portes de l'établissement. Il ne lui restait plus qu'à rentrer chez lui.

À défaut de la tournée proposée par les festivaliers, Gildas s'accorda une petite promenade à pied dans les rues de Lorient. Deux pipe-bands arrivés d'Écosse dans l'après-midi s'exerçaient dans la cour du lycée. Un peu plus loin, les castagnettes retentissaient joyeusement dans la nuit qui tombait. La lune donnait un ton chimérique à la musique écossaise métissée d'espagnol.

Aucun doute, la magie du festival commençait à opérer. Pourtant, il ne fallait pas traîner, la journée du lendemain serait longue et studieuse : il restait deux jours avant le début officiel du festival.

J – 2, Mercredi

Chapitre 11

Ce matin, Gildas se leva très tôt. L'affaire était importante. Il avait peu dormi. Les rêves fantasmagoriques avaient rythmé une nuit difficile. Tantôt il était enfermé dans une horloge avec un groupe de danseurs irlandais qui l'obligeaient à danser avec eux, tantôt il était violoniste, soliste au milieu de cornemuseux déchaînés, et il avait perdu son archet. Il s'était réveillé fatigué. Fatigué mais déterminé.

Son penchant pour la romance était soulagé : la dame de ses pensées était bien vivante, mais un réflexe professionnel lui rappelait que rien n'indiquait qu'elle ne fût pas, comme tous les musiciens de l'orchestre, impliquée dans cet homicide. Il avait convoqué toute son équipe à quatorze heures afin de faire le point. L'orchestre ouvrait le festival dans deux jours : aurait-il le temps de boucler son enquête ?

Avant de rejoindre son bureau, il se rendit à l'Institut médico-légal afin de recueillir les premières constations de Fabienne. Il passa par le quartier des lycées. Un petit détour lui permit même d'apercevoir les prodigieuses danseuses irlandaises à l'entraînement malgré l'heure matinale. Un petit crachin, accompagné de son fidèle vent de Suroît, arrosait délicieusement Lorient. On était bien en Bretagne sud. Mais les éléments naturels n'étaient pas de nature à arrêter les jeunes filles. Question climat, elles en avaient vu d'autres ! Il s'arrêta un instant dans ces coulisses en plein air : le rêveur vola quelques minutes au policier.

À son arrivée dans le service de médecine légale de l'hôpital, il demanda à Fabienne de lui donner la version scientifique de cette affaire. Le médecin n'avait pas laissé traîner l'affaire. Elle connaissait l'urgence de la situation. Elle s'était attaquée dès potron-minet, à l'autopsie du corps de la jeune fille ainsi qu'aux analyses indispensables. Elle pouvait donner ses conclusions à l'enquêteur.

– Mlle De Fontenelle, commença-t-elle, est morte étranglée.

– Là, tu ne m'apprends rien, dit le capitaine.

– Je sais, mais il faut bien commencer par le début. Je pensais au premier abord qu'elle avait été étranglée à l'aide de son collier, ce qui supposait un geste spontané, un coup de colère. J'ai trouvé dans la plaie des traces d'or. J'ai analysé le collier qui, effectivement, contenait de l'or. Mais j'ai aussi découvert dans la blessure, des résidus de tungstène. Cela devrait orienter ton enquête car, si le collier contenait en effet une quantité d'or importante, il ne montrait, en revanche, aucune trace de tungstène.

– De tungstène ? Qu'est-ce que c'est exactement ?

– Pour faire simple, c'est l'une des composantes d'une pierre rare.

– Ah ! sais-tu si cela peut aider à déterminer l'arme du crime ?

– Pour l'instant j'ignore absolument quelle peut être l'arme du crime, peut-être une corde d'instrument, mais cela ne me semble pas assez résistant. Je vais en analyser quelques-unes bien sûr, mais, sans te commander, je pense qu'il faudrait chercher ailleurs. De mon côté j'opterais pour le train

fantôme, rajouta la jeune femme en souriant.
– Si je comprends bien, l'arme ne pouvait se trouver n'importe où. Donc, cela écarte quelque peu la thèse du coup de colère. As-tu une idée précise de l'heure du crime ?
– Etant donné le bol alimentaire, la rigidité cadavérique et – excuse-moi de cet inventaire à la Prévert – le couvert mis pour le dîner, je dirais que Nolwenn est morte lundi soir entre vingt et une heures et minuit. Elle n'avait pas encore pris l'apéritif chez elle mais elle avait trouvé un avant-goût au bar où les musiciens s'étaient réunis après la répétition. Elle avait bu du whisky, mais raisonnablement.

Elle ajouta :
– Ah Gildas, j'ai oublié quelque chose : j'ai trouvé sur le cou de la victime et sur sa robe, de minuscules taches de sang.
– Sais-tu s'il s'agit du sang de la victime ?
– Non, pas encore. J'attends les conclusions du laboratoire. Mais en examinant les projections de ces gouttelettes, et la blessure, j'ai l'impression que le sang appartient à deux personnes différentes.
– Tu penses qu'il y aurait deux agresseurs ?
– Peut-être. Ces traces microscopiques pourraient aussi laisser penser que l'agresseur, lui aussi, aurait été blessé. D'ailleurs j'ai trouvé également quelques gouttelettes de sang, imperceptibles à l'œil nu, sur les ciseaux.
– Tu ne peux m'en dire plus, Fabienne ?
– Non mais demain, peut-être même dans l'après-midi, j'aurai la réponse. Je l'ai demandée en urgence. Je te faxe le rapport d'analyses dès que je le reçois.
– Nolwenn se droguait-elle ?

– Je n'ai rien trouvé qui pourrait laisser penser cela.
– Je te remercie Fabienne. Maintenant il est urgent d'interroger Kevin, le responsable du train fantôme.
– Ah mais ne prends pas tout au pied de la lettre, Gildas ! Je disais cela pour plaisanter, je ne sais pas du tout si cette attraction utilise cette substance. Le tungstène est classé dans la catégorie de ce que l'on nomme les « terres rares ». C'est un matériau utilisé dans des objets comme les smartphones ou les tablettes mais il se cache également dans des véhicules aussi peu répandus que les fusées, les chars d'assaut et les avions de combat. Donc pourquoi pas le train fantôme ? Ou même, une soucoupe volante ?
– Fabienne, tu es en pleine forme ce matin. Mais peut-être seras-tu surprise de savoir que Mlle De Fontenelle entretenait une relation, disons de travail, avec le propriétaire du train fantôme de la fête foraine de Lorient.
– Hein ! comment ça ? Tu plaisantes, Gildas !
– Pas du tout. Ils se connaissaient depuis l'école maternelle. Notre musicienne, grâce à sa maîtrise des effets spéciaux, avait enregistré pour lui des sons qualifiés « d'étranges », des sons de fantôme en quelque sorte. Parfois, on pouvait même la rencontrer sur le trajet, déguisée en créature effrayante. Donc, tu vois que ton idée n'est pas à exclure, surtout qu'ils avaient, paraît-il, un différent d'ordre financier. La jeune fille avait, me semble-t-il, prêté de l'argent à Kevin pour rembourser une dette de jeu. Nous savons ce que ce genre de problème est susceptible d'entraîner comme conséquence.

Donc je mets Gwendal et Pol, notre cyber-limier, sur la situation bancaire de Nolwenn et sur celle de Kevin. Pascal

ou Eliot ira interviewer le maître du mystère aujourd'hui même. Allez Kenavo Fabienne, à plus tard. Bonne journée !
– Kenavo Gildas. Bonne journée à toi aussi !

Les deux policiers avaient pris l'habitude de se saluer en breton, un genre de code entre eux.

En arrivant au commissariat, Gildas aperçut Diego, le jeune forain des autos tamponneuses. Eliot lui avait demandé de venir vérifier son témoignage et signer sa déposition. Le capitaine allait en profiter pour lui poser quelques questions. Il demanda discrètement à Eliot d'assister à l'entretien : le jeune homme serait en confiance.
– Monsieur Saolo, vous avez expliqué au lieutenant Duchemin que lundi soir vous étiez passé au domicile de Mlle De Fontenelle pour vous excuser de votre comportement.
– C'est exact.
– Mlle De Fontenelle ne vous a pas ouvert la porte.
– En effet.
– Qu'avez-vous fait alors ?
- Comme je l'ai déjà dit, je suis rentré à ma caravane. J'ai bu une tasse de thé puis je suis retourné à mon travail.
– Jusqu'à quelle heure avez-vous travaillé, Monsieur Saolo?
– Comme chaque jour jusque vers une heure du matin.
– Avez-vous été vu dans ce créneau horaire ?
– Oui j'ai fait le plein jusqu'à la fermeture.
– Et où vous trouviez-vous ?
– J'ai passé ma soirée à la caisse. Vers minuit, j'ai été appelé pour réparer une panne sur un véhicule de mon manège.
– Très bien, nous allons vérifier. Je vous remercie. Signez votre déposition. Je vous demanderai de ne pas quitter la

ville et de rester à la disposition de la police.

Diego comprit qu'il n'avait pas complètement convaincu les policiers. C'est très inquiet, qu'il quitta le commissariat. Dès qu'il fut dehors, il se jeta convulsivement sur son téléphone. Les deux policiers ne pouvaient pas savoir qui il appelait ainsi, mais cette attitude leur parut suspecte. Pol Kermarrec saurait trouver, le cas échéant, le nom de l'interlocuteur. Eliot prit des photos du jeune homme. Il serait peut-être important que l'on puisse prouver que c'était bien lui qui utilisait son appareil à cette heure-là.

Chapitre 12

Le temps pressait pour trouver l'auteur du meurtre odieux. Gildas le savait, l'ouverture du festival était pratiquement suspendue à son enquête. Il comptait sur le travail de ses équipiers. Pascal Le Bot s'était porté volontaire pour aller rendre visite au propriétaire du train fantôme. Cela l'amusait de pénétrer dans les coulisses de ce qui avait effrayé des moments tellement savoureux de son enfance. Pascal avait grandi à Lorient. En été, comme en hiver, le jeune Pascal attendait avec impatience le moment où la fête foraine posait ses manèges dans le jardin Jules Ferry. Jamais, il n'aurait laissé passer le temps de la grande attraction locale sans faire au moins un tour dans le train fantôme. Il connaissait le trajet par cœur. Pourtant, c'était chaque fois le même frisson.

Le capitaine avait demandé que cet entretien se tienne au domicile du jeune homme. La visite du train serait pour plus tard. C'est vers neuf heures que le lieutenant Le Bot se présenta sur la place du village éphémère que formaient les caravanes des forains, qui avaient déployé leurs manèges à quelques centaines de mètres de là.

Ces travailleurs de la fête se couchent souvent très tard. En arrivant de si bonne heure, Pascal Le Bot pensait trouver le jeune homme au saut du lit. Mais ce matin, au campement, tout le monde était debout. Manifestement il était attendu. Il regretta un moment d'être venu seul. Un peu sur

la défensive, il demanda à parler à Kevin Debord :
– C'est à quel sujet, aboya une dame échevelée, cachant un reste de féminité dans un peignoir hors d'âge.

Pascal sortit sa carte, ne sachant trop si elle le protégerait ou l'exposerait au courroux quasiment génétique de la population des forains

– Je voudrais lui parler.
– Si vous voulez lui faire cracher qu'il a tué la minette, vous vous trompez d'adresse. Il est un peu violent, je ne le conteste pas, mais de là à tuer quelqu'un, une vieille copine, en plus. Nous sommes des gens d'honneur, nous, Monsieur.

Pascal sentait que c'était mal parti, mais il insista tout de même.

– Mais je ne veux l'inculper de rien du tout. Il est normal que je contacte toutes les personnes susceptibles de m'aider à comprendre ce qui s'est passé, puis à trouver le ou les coupables. Mlle De Fontenelle avait participé à des animations du train fantôme, M. Debord fait donc partie des témoins importants.

La femme s'était un peu radoucie à l'idée que son fils soit quelqu'un d'important.

– Bon je préviens mon fils, mais vous n'avez pas intérêt à le torturer pour lui faire dire n'importe quoi qui vous arrangerait. Sinon, vous aurez affaire à moi.
– N'ayez aucune crainte, Madame. Il ne sera fait aucun mal à votre fils. Ce n'est pas du tout dans les habitudes de la police d'aujourd'hui, encore moins dans les miennes.

La dame avait son smartphone à la main, mais pour appeler son fils, elle utilisa sa méthode : deux doigts dans la bouche, elle siffla deux coups longs et un court. Probablement un code pour expliquer que c'était la police. Si jamais l'homme était coupable, il s'enfuirait avant que Pascal n'ait eu le temps de réagir. C'est donc avec soulagement que le policier aperçut Kevin, encore un peu endormi, mais suffisamment clair pour répondre aux questions.

– Bonjour M. Debord, dit Pascal avenant.

– Bonjour. C'est à quel sujet ?

Manifestement, Kevin n'adoptait pas le même style que son collègue des autos tamponneuses. Il traduisait sa méfiance par une attitude agressive. Il faut dire que ce n'était pas à la même heure. De plus, on était au milieu de son cercle familial, de ses compagnons. Tout le campement devait savoir que la police s'intéressait à lui.

– Pouvons-nous trouver un coin tranquille pour discuter, demanda le policier au jeune homme ?

À regret, Kevin invita le lieutenant à le suivre dans sa caravane. Le logement avait sensiblement la même taille que celui de Diego, mais il y régnait un désordre indescriptible, des canettes de bière traînaient par terre, de la vaisselle sale s'entassait dans l'évier, le canapé était jonché de débris en tout genre et parsemé de trous de cigarettes, une odeur de tabac froid empestait l'atmosphère.

Kevin invita le lieutenant à s'asseoir sur la seule chaise libre, pendant que lui se faisait une place sur un banc en poussant des papiers amoncelés. Pascal aurait payé cher pour que le jeune homme ouvre une fenêtre tant les odeurs mêlées d'alcool, de tabac froid et de sueur, l'incommodaient, mais ce n'était manifestement pas l'intention du maître des lieux.

– Vous n'êtes pas sans savoir que Mlle De Fontenelle a été assassinée.
– Oui, je suis au courant. Ça devait finir comme ça !

Quelle oraison funèbre se dit Pascal. Au moins en voilà un qui ne cache pas son sentiment.

– Pourquoi dites-vous cela ?
– Quand on est riche comme elle et que l'on traîne avec les voyous…
– Ah mais racontez-moi cela ! Mlle De Fontenelle traînait avec des voyous ?
– Ben oui. On la voyait parfois avec des drogués. Je pense qu'elle n'était pas aussi blanche que la poudre qu'elle leur achetait.

Le jeune homme, content de son jeu de mots, s'était mis à rire nerveusement.

– Il faut dire qu'avec son métier, il est parfois indispensable de trouver de l'aide : la concurrence est rude et continuelle.
– Ah bon ! Qu'est-ce qui vous faire dire cela ?
– Tout ce qu'elle m'a raconté sur ses concours, rien que pour trouver une place sur une chaise derrière un pupitre. Mais, au fait, qu'est-ce que j'ai à voir là-dedans ? Je ne prends pas de cocaïne, moi.
– Non mais des témoins m'ont dit qu'elle avait travaillé pour vous.
– Oui, mais en tout bien tout honneur.
– Pouvez-vous m'en dire plus ? Quelles étaient vos relations ?
– Nous étions potes, pas plus. Elle avait composé puis enregistré de la musique de fond pour effrayer les passagers du train fantôme. C'était très réussi d'ailleurs. De temps en

temps, même, elle apparaissait en sorcière ou en créature improbable, sur le trajet.
– Pourquoi faisait-elle cela ? Aviez-vous un contrat ?
– Pas du tout. Elle faisait cela pour le plaisir. Je vous l'ai dit, nous étions de vieux copains. Rendez-vous compte : on se connaissait depuis la maternelle ! On avait usé nos jeans sur les bancs de la même école, jusqu'à ce qu'elle parte à Nantes pour faire de la musique.
– Excusez-moi d'être direct, mais vous n'étiez pas amoureux d'elle ?
– Un peu comme tous les mecs, mais je n'avais aucune chance. Elle en pinçait pour Diego, celui des autos tamponneuses. Je crois même que ça avait marché pendant un moment. Mais la belle histoire s'était terminée quand la Belle était partie pour la capitale.
– Donc elle participait professionnellement à votre animation sans vous demander quoi que ce soit en échange.
– Exactement Monsieur !
– Vous n'aviez alors aucun rapport d'argent ?
– Absolument aucun, Monsieur !
– Que faisait-elle exactement pour vous ?
– Elle jouait du violon. Elle avait imaginé une musique entièrement exécutée sur la chanterelle, c'est-à-dire sur la corde la plus aiguë du violon. Cette musique effrayait les plus fanfarons : un vrai plus dans le train fantôme, évidemment. Parfois elle apparaissait en créature hideuse. Elle adorait se déguiser.
– Vous avez des photos ou même des vidéos, que je pourrais regarder ?
– Oui. Tenez, j'ai cela dans mon ordinateur.

– Pourrais-je vous l'emprunter le temps de l'enquête ?
– Je ne vois pas bien ce que ces photos pourraient vous apporter.
– On ne sait jamais !
– Mais, comme vous y allez, j'en ai besoin, moi, de ma machine !!!!
– Bon ! si je vous le rapporte ? Mieux, venez donc le chercher, disons demain à quatorze heures, c'est bon pour vous ?
– Qu'est-ce qui me dit que vous n'allez pas le garder ?
– Je vais vous signer un reçu, tout simplement et vous pourrez venir le chercher. On vous le donnera contre ce document.
– Ça vous engage à quoi ? À rien bien sûr, la police a tous les droits.
– Mais pas du tout, Monsieur Debord. Si votre ordinateur n'est pas entre vos mains demain après-midi, vous pouvez m'attaquer et je risque ma place.
– Bon je veux bien. Donnez-moi votre papier et on verra si j'ai eu raison de faire confiance à un flic.

Pascal s'empressa d'enfouir l'appareil dans sa besace avant que Kevin ne revienne sur sa décision. Après avoir fourni le document officiel dûment tamponné et signé, il se dirigea vers la sortie. Arrivé presque à la limite du campement, il se ravisa :
– Avant de vous laisser partir travailler, une dernière question, question de routine que je pose à tout le monde : où étiez-vous lundi entre dix-neuf et vingt-deux heures ?
– Ah je vois ! vous me soupçonnez de l'avoir tuée ! Parce que je suis forain, évidemment je suis suspect. De là à me mettre ce meurtre sur le dos ... Je pensais bien : vous commencez par m'amadouer en me faisant parler de Nolwenn

et, au moment de partir, vous me traitez d'assassin.

Kevin hurlait à l'injustice. Les forains commençaient à se regrouper autour de sa caravane. Pascal sentait que la situation devenait compliquée. Les forains amorçaient une manœuvre d'encerclement dont il allait avoir du mal à se défaire sans dommage. Il regrettait d'être venu seul. Il tenta :

– Calmez-vous, Monsieur Debord ! Je n'ai rien dit de tel. Je ne l'ai même jamais pensé.

Il commençait pourtant à se dire que tous ces évènements ne plaidaient pas en sa faveur.

Les forains fermaient maintenant le cercle autour du policier qui commençait vraiment à s'affoler intérieurement. Comment faire entendre raison à une population qui nourrissait contre la police une haine quasi instinctive ? Sortir son arme de service lui semblait la dernière chose à faire, mais que faire quand les mots n'ont plus de pouvoir ?

Une patrouille de police passait là par hasard. Les policiers, entendant des hurlements qui venaient du campement, s'étaient détournés pour s'informer. Voyant un jeune homme, manifestement étranger au monde forain, en délicatesse avec la communauté toute entière, ils entrèrent dans ce qui ressemblait à une arène.

– Que se passe-t-il ici ?

– C'est ce type qui insulte l'un des nôtres ?

– C'est-à-dire ?

– Il le traite d'assassin.

– Qui êtes-vous Monsieur et que faites-vous ici ?

Sortant sa carte, Pascal expliqua :

– Je suis le lieutenant Le Bot, de la police judiciaire de Lorient. J'enquête sur le meurtre de Mlle De Fontenelle. Mais je vous assure, Brigadier, que je n'ai accusé personne. Je m'informe, c'est tout.

Le brigadier connaissait bien le monde des forains. Il démina la situation :

– Je connais personnellement le patron de M. Le Bot. Il répond de ses hommes comme de lui-même. Je suis certain que le lieutenant ne vous veut aucun mal. Vous êtes des gens d'honneur. Si le meurtrier se trouve parmi vous, vous ferez confiance à la justice de la République, sans entraver l'enquête. Si, au contraire, aucun d'entre vous n'est impliqué dans cette affaire, vous aurez la fierté d'avoir contribué à mettre un odieux personnage derrière les verrous.

Le petit discours du policier avait produit un effet magique. Les forains se retiraient insensiblement, un à un.

– Venez avec nous, lieutenant !

C'est avec un grand soulagement que Pascal retrouva sa petite voiture. Il remercia très chaleureusement les policiers de leur intervention. Puis il rentra au bureau afin de mettre par écrit le témoignage recueilli. Il avait tout de même réussi à rapporter l'ordinateur du jeune homme, sans entraver le code de procédure et à faire en sorte que Kevin vienne au commissariat de lui-même. Donc de toute façon, les deux hommes étaient appelés à se revoir, ne serait-ce que pour honorer la parole de la police, toute entière engagée dans le document que l'enquêteur avait remis au forain.

Chapitre 13

En consultant son téléphone, Gildas prit connaissance du rapport de Pol Kermarrec, l'informaticien de l'équipe. L'ingénieur avait intégré la police, avec le grade de capitaine. Son travail consistait à guetter tout ce qu'on pouvait trouver sur des ordinateurs, mais aussi à faire parler téléphones, smartphones, GPS et caméras de vidéo protection, à interroger les comptes en banque – voire les banques lorsqu'il ne pouvait pas accéder directement aux comptes.

Bref il n'avait pas son pareil pour mener ce que l'on pourrait appeler une cyber-enquête. Celle-ci se révéla très fructueuse.

La réunion prévue par le capitaine Le Doussal devenait urgente. Tous les enquêteurs furent invités à venir le plus tôt possible dans la salle d'informatique afin de faire le point sur l'affaire. Le temps pour Pascal d'arriver, de raconter brièvement son aventure, à deux heures, Pol pouvait commencer son rapport.

L'ordinateur de Nolwenn, protégé par de très savantes successions de signes, avait résisté un temps à l'expertise de l'informaticien. Pol avait alors déployé ses grandes connaissances et, en ajoutant une pincée de chance, il avait réussi à pénétrer la machine de la jeune fille. L'examen des comptes de Nolwenn avait confirmé qu'elle avait prêté une très importante somme d'argent à Kevin pour rembourser une dette de jeu. Pouvait-il la lui rendre ? En avait-il seulement l'intention ? Quand et comment Nolwenn lui avait-elle réclamé cet argent ? Kevin était violent : de l'avis même de sa mère, il pouvait avoir un comportement agressif. L'aventure du lieutenant Le Bot était là pour en témoigner. Immédiatement, Pol avait entrepris de se renseigner sur l'état des comptes de Kevin.

L'ordinateur du maître du suspense forain avait été acquis de haute ruse. Kevin l'avait confié au lieutenant pour « trente heures, montre en main ». Pascal l'avait immédiatement posé sur le bureau de Pol. Il n'avait fallu que quelques secondes à l'informaticien pour ouvrir le système à peine protégé par un mot de passe sans mystère.

La consultation du compte en banque du jeune forain montrait tout à la fois des dépassements vertigineux – il était parfois au bord de l'interdit bancaire – et des encaissements tout à fait sans rapport avec le contenu de sa caisse qu'il portait chaque matin à la banque. Trois questions s'étaient alors imposées. D'où venait cet argent providentiel ? A qui était-il vraiment destiné puisque rien ne montrait qu'il avait remboursé Nolwenn ? On ne trouvait même pas le commencement d'une intention qui aurait pu laisser penser qu'il allait le faire. Une dette pareille pouvait-elle être à l'origine d'une bagarre qui aurait mal tourné ? Nolwenn avait-elle réclamé son dû de façon péremptoire ?

L'examen des comptes de Kevin et de ceux de Nolwenn montrait donc qu'il y avait entre eux un important contentieux d'ordre financier. L'absence de réponse du forain à la question de son agenda et son comportement violent à l'égard du policier ne jouaient pas en sa faveur. Le fait qu'il utilisait, dans le cadre de son activité professionnelle, le matériau rare retrouvé dans la plaie du cadavre l'accablait davantage. On aurait quelques questions à lui poser lorsqu'il viendrait récupérer son ordinateur.

L'équipe en était là de ses réflexions lorsque Pol fit part d'un nouvel élément troublant. L'ingénieur avait trouvé, dans l'ordinateur de Nolwenn, un poème caché derrière un nouveau code d'accès :

Chante, chanterelle
C'est bien toi la plus belle
Quand tu n'es plus là
Le violon chante un la.

Triste est la musique
Triste est le violon
Sans sa chanterelle
Il n'a plus de musique.

Chante chanterelle
C'est toi la plus cruelle
Le violon vit par elle
Par elle, tu périras.

Comment interpréter ce texte ? S'agissait-il d'une menace ? En d'autres circonstances, on aurait plutôt pensé au texte d'un apprenti-poète.

Gildas n'était qu'à quelques pas de son bureau lorsque son téléphone lui indiqua par une petite mélodie qu'un nouveau message était arrivé. Cette fois, Fabienne lui envoyait le rapport du laboratoire d'analyse scientifique. Elle souhaitait lui remettre en mains propres. Il devait quitter la réunion en urgence. Le temps d'envoyer un message à Pol pour l'avertir du contretemps et Gildas sautait dans sa voiture pour se rendre à l'hôpital où Fabienne travaillait dans ce qu'elle appelait pompeusement son « salon d'expertise ».

Après avoir fait effectuer des prélèvements dans les attractions de la fête foraine, Fabienne avait envoyé les échantillons au laboratoire d'analyse de la police du Morbihan, à Vannes. Elle avait pris soin de joindre une note pour expliquer l'urgence absolue de la démarche : il restait deux jours avant l'ouverture du festival. La réponse était arrivée très vite. Les prélèvements très bien effectués, permettaient une analyse claire et détaillée.

Le rapport expliquait que les échantillons prélevés sur les différentes attractions de la fête foraine n'avaient montré la présence de tungstène dans aucun autre manège que le train fantôme. « Le matériau rare, détaillait le rapport, est utilisé notamment pour réaliser les toiles d'araignées fictives dans lesquelles se prennent les cheveux des visiteurs. On le trouve également dans les micro câbles qui permettent l'apparition de créatures hideuses, qu'elles soient de cire ou qu'il s'agisse de personnes humaines maquillées ».

Gildas commençait à rédiger l'ordre d'amener le forain pour un interrogatoire plus officiel, lorsque, tournant la page du rapport, son œil tomba, presque par hasard, sur le résultat d'une autre analyse demandée par Fabienne, au regard de ce qu'elle avait trouvé dans la blessure.

« L'analyse des cordes de violon, d'alto, de violoncelle et de contrebasse, montre l'absence totale de tungstène dans leur conception, sauf en ce qui concerne la corde la plus aiguë du violon, la corde de mi, appelée aussi la chanterelle. Dans certains cas, assez rares, cette corde est fabriquée à partir d'un alliage enrobé d'une couche de tungstène, le tout recouvert d'une infime feuille d'or. Ces cordes, qui coûtent très cher, ne sont utilisées que par des violonistes chevronnés ».

Chapitre 14

A la lecture de ce paragraphe, Gildas était perplexe. Nolwenn avait-elle été étranglée par une corde de violon ou par un micro câble du train fantôme ? Il avait inconsciemment rejeté la première hypothèse, la trouvant totalement improbable. Pourtant la plus aiguë des cordes de tout l'orchestre commençait à prendre de la place dans cette enquête.

Avant de faire venir l'insoumis au commissariat, au risque d'un combat difficile avec la communauté des forains, il décida de prendre un petit cours sur la fabrication des cordes de violon. Quelle meilleure occasion trouverait-il pour, joignant l'utile à l'agréable, rencontrer la dame de ses pensées ? L'entrée en matière était certes un peu singulière, mais, dans ce contexte, elle était sans équivoque.

Il consulta la liste fournie par le festival et téléphona à Aurélie Le Breton. S'il avait reconnu du premier coup d'œil la belle inconnue, il s'était trompé sur la taille de l'instrument: Aurélie jouait de l'alto. Peu importe pensa-t-il, violon ou alto, une chanterelle reste une chanterelle.

La jeune fille fut d'autant plus surprise par cet appel que Gildas ne lui était pas indifférent. Il lui donna rendez-vous au bar de « L'Accastillage », pensant que l'endroit serait d'une neutralité propice à une rencontre qu'il qualifiait de mixte : une partie pour le travail, une partie pour faire connaissance.

La jeune fille arriva juste à l'heure. Ils commandèrent un jus de fruit, l'heure n'était pas au champagne.

– Merci, Mademoiselle, d'être venue si vite. Comme vous le savez, nous avons une enquête à boucler avant le début du festival. C'est-à-dire qu'il reste deux jours pleins. Je ne connais personne à l'orchestre sauf vous : nous nous sommes rencontrés cet hiver. Vous étiez avec votre orchestre. Je ne sais pas si vous vous en souvenez.

– Si bien sûr, un excellent souvenir même.

– C'est pourquoi je m'adresse à vous.

– Je vous aiderai autant que je pourrai, mais appelez-moi Aurélie, comme tout le monde, ce sera plus simple. Que puis-je faire pour vous, Monsieur ?

Spontanément, il faillit répondre « moi c'est Gildas ». Mais pour tout le monde, il était le capitaine de police Le Doussal. Il n'y avait pas de dérogation possible, surtout avec un suspect potentiel, car tous les instrumentistes à cordes devenaient suspects.

– Capitaine Le Doussal. Je suis à la recherche de renseignements techniques sur les instruments que vous classez sous l'appellation « cordes ».

– Ah ! Que voulez-vous savoir ?

– Pouvez-vous me renseigner sur la fabrication des cordes de violon ?

– Mais, Capitaine, je suis altiste.

– Ce ne sont donc pas les mêmes cordes pour tous les instruments ?

– Certes non. C'est un peu technique, mais c'est une affaire de rapport entre la tension, le calibre et la longueur.

– Sont-elles au moins fabriquées avec les mêmes matériaux ?

– Ce n'est même pas une affaire d'instrument : les violonistes, par exemple, n'utilisent pas tous les mêmes cordes.
– À quoi est-ce dû ?
– La première raison est sans aucun doute, la recherche d'un son de grande qualité. Mais c'est aussi un peu une histoire de rang, de grade dans l'orchestre, ou encore de répertoire, de moyens bien sûr, d'idéologie même parfois. Bref, il y a de nombreuses raisons.
– Pouvez-vous me donner des exemples ? Gildas sentait qu'il touchait au but, en tout cas, professionnellement parlant.
– Par exemple, les violonistes de rang, utilisent des cordes en métal tandis que certains solistes peuvent monter leur instrument avec de l'or, en tout cas leur corde de mi, la plus aiguë. Les musiciens baroques jouent parfois sur des cordes en boyau, question de courant artistique, de style. Le sujet est vaste. Mon frère, qui est luthier, vous expliquerait que parfois les cordes sont fabriquées avec un matériau rare appelé tungstène, lui-même recouvert d'or. Inutile de vous dire que ces cordes sont très onéreuses. Tout le monde ne peut en acheter.
– Ah je vois : la chanterelle !

Devant l'étonnement manifeste de la jeune fille, Gildas sentit qu'il avait marqué un point.
– Vous êtes connaisseur, Capitaine !
– J'enquête sur le meurtre d'une violoniste, alors je me renseigne, c'est la moindre des choses. Pensez-vous que Jules Bérard, par exemple, pourrait utiliser de telles cordes ?
– Oui probablement qu'à l'orchestre National, où il est premier violon solo, il ne peut pas faire autrement. Peut-être

même lui sont-elles fournies par son employeur.
– Donc, actuellement, il joue avec la « formule 1 » de la corde de violon !
– Je ne sais pas. Il serait bien étonnant qu'il utilise cela pour travailler au festival. Ces cordes, comme je vous le disais, représentent un capital qu'il est bien hasardeux d'emporter dans un lieu aussi peu protégé.
– Et les autres « cordistes » ? Je pense aux violoncellistes ou aux altistes, justement. Pourquoi pas à la harpiste, d'ailleurs. Utilisent-ils aussi des cordes de cette fabrication ?
– La harpiste, c'est totalement exclu. Elle joue sur des cordes en boyau d'animal, je ne sais pas trop lequel, bœuf ou mouton. Pour les notes graves elle se sert de cordes métalliques, mais qui n'ont rien à voir avec des cordes de violon. Nous sommes très loin de l'alliage tungstène, or. Les altistes et les violoncellistes n'ont pas de chanterelle. Il reste les autres violonistes. Il serait très étonnant qu'ils utilisent de telles cordes. Voulez-vous que je me renseigne auprès de mes collègues ?
– Ce ne sera pas nécessaire pour l'instant. Je vous remercie beaucoup de votre aimable collaboration. Ah ! Dernière question, après je vous laisse, je ne voudrais pas abuser de votre temps. Que se passe-t-il lorsque l'on casse une corde ?
– C'est très simple, on la remplace.
– Tous les musiciens savent-ils faire cela ?
– Oui bien sûr. C'est le b.a.-ba du métier.
– Et où trouvez-vous les cordes si vous êtes en déplacement ?
– Nous en avons toujours chacun au moins un jeu d'avance.

Au moment de partir, aucun des deux ne prenait la décision de quitter le bar. Aurélie se lança :
– Je sais que le moment est mal choisi, mais je peux tout de même vous dire que j'espère que nous nous reverrons dans des circonstances moins tragiques.
– Avec grand plaisir, Aurélie. Avec votre autorisation, je me permets d'inscrire vos coordonnées dans mon téléphone personnel et dès que l'individu malfaisant sera sous les verrous, je me ferai un plaisir de vous inviter à dîner.
– Vous avez non seulement ma permission, mais ma bénédiction, Capitaine, dit-elle avec ce sourire qui avait déjà fait fondre le jeune homme.
– En attendant prenez bien garde à vous. On ne sait pas qui a tué, ni pourquoi. Il ne faudrait pas que ce sinistre individu s'en prenne à vous.
– N'ayez crainte Capitaine, je veille au grain. Ne le dites à personne, mais je viens juste de conquérir de haute lutte, ma ceinture noire de karaté. Alors, qu'il vienne ce meurtrier, je l'attends !

Chacun repartit, des étoiles dans les yeux, vers son lieu d'investigations, Gildas au commissariat, Aurélie au théâtre.

Chapitre 15

Gildas avait un peu de temps devant lui. Il devait attendre la fin de la répétition pour entreprendre sa perquisition. Il allait mettre par écrit tout ce qu'il venait d'apprendre sur l'affaire. Auparavant il passa par le bureau de Pol. Pour des raisons de sécurité, le système informatique était installé au sous-sol du bâtiment. Plusieurs ordinateurs, le système de connexion du commissariat ainsi que de très imposants variateurs en tout genre, étaient disposés dans la pièce. Afin de la rendre moins technique, Pol avait décoré ce que tout le monde appelait « l'Antre », avec des posters de paysages aussi magnifiques qu'improbables et des lampes qui diffusaient des éclairages de couleurs et d'intensités différentes. Dans un coin, une fontaine coulait au son d'une musique douce. L'officier avait obtenu, pour son lieu, une machine à café, un réfrigérateur et un four à micro-ondes. Cinq fauteuils hors d'âge, un canapé qui avait connu des jours meilleurs et une table basse complétaient ce mobilier insolite. Un mur entier était recouvert d'un écran géant tandis qu'un autre en abritait une demi-douzaine de plus petits. Pour entrer, une sonnette en forme de smartphone géant proposait des options sonores différentes. Gildas appuya sur la touche « Apprenti-sorcier ». Aussitôt la musique de Paul Dukas envahit le couloir et la porte s'ouvrit.

– Entre Gildas, installe-toi, sers-toi un café, j'en ai de l'excellent. Je finis un truc et je suis à toi.

Gildas s'installa sur un fauteuil : il attrapa une revue qu'il parcourut sans en comprendre un mot.
– Alors Capitaine, je suppose que tu viens chercher quelques explications sur ce poème. Je me doutais que tu viendrais, Gildas.
– Oui ce poème m'intrigue ; j'aimerais bien en savoir plus.
– Ce que je peux te dire, c'est que le texte n'a pas été écrit sur l'ordinateur de la victime. Elle l'a reçu en pièce jointe dans un courriel.
– Qui a envoyé ce courriel ?
– Ce serait trop facile. Je ne sais pas. J'ai mis longtemps à trouver l'adresse de l'expéditeur. Le message a été envoyé du cybercafé de Lorient. Il sera sûrement difficile d'en identifier l'auteur.
– Sais-tu quel jour et à quelle heure il a été envoyé ?
– Oui. C'est assez récent. Il est parti la semaine dernière, jeudi, très exactement à dix-huit heures quatorze.
– Il y a une petite chance pour que la caméra de surveillance du cybercafé ait immortalisé le poète. Peux-tu demander à Eliot de passer chercher les vidéos, s'il te plaît ? Il faudrait qu'il te les apporte. Nous réunirons toute l'équipe pour les projeter sur ton écran géant. L'un de nous reconnaîtra peut-être l'un ou l'autre des protagonistes de cette affaire. Peut-être même pourra-t-on lire le mail pour en confondre l'auteur. Excuse-moi, je dois partir. On m'attend au théâtre.
– Gildas, Eliot va avoir besoin d'une commission rogatoire pour se faire prêter les DVD.
– Tu as raison, Pol, inutile de prendre le risque du vice de procédure. Peux-tu demander au commissaire de s'en occuper ? Dis-lui bien que c'est une extrême urgence.

– Ne t'inquiète pas. Je m'en occupe.
– Merci. À plus tard !

En chemin, Gildas se demanda si ce nouvel élément disculpait Kevin. Lui aussi connaissait l'existence de la chanterelle et les fils en tungstène recouverts d'or faisaient partie de son matériel professionnel. Toujours est-il que la chanterelle – ou, plus exactement, le fil métallique - était manifestement la clé de cette enquête. Tous les acteurs de cette affaire connaissaient, à des degrés divers, l'existence et l'importance de la chanterelle sur le violon. L'autopsie avait montré que Nolwenn avait été étranglée avec un fil composé d'or et de tungstène, comme la corde de mi équipant certains violons. Tant qu'on ne l'avait pas retrouvée, l'arme du crime restait inconnue, mais cette corde, ou ce cordon, commençait à devenir un élément capital. Il fallait absolument mettre la main dessus. On y trouverait peut-être des empreintes génétiques.

Les enquêteurs devaient donc se mettre en chasse d'un fil à peine plus épais qu'un cheveu. Cette recherche se présentait sur deux sites très différents : le théâtre et la fête foraine. Pour le dire en deux mots, les policiers partaient en quête du Saint-Graal !

Si tous les suspects connaissaient la chanterelle, il fallait se rendre à l'évidence que tous aussi avaient les moyens d'acquérir la corde luxueuse. N'importe qui pouvait la commander sur Internet.

Perplexe, Gildas n'oubliait pas les invités de la dernière fête : « des voyous » avaient dit des témoins, « je n'aurais pas trop aimé voir mes petits-enfants fréquenter sa bande d'amis » avait précisé une vieille dame. La description qu'en avaient faite les voisins de Nolwenn – tatouages, piercings, musique trop forte, etc. – contribuait à laisser penser qu'une histoire sordide pouvait avoir eu raison de la belle violoniste.

Pourtant, cette hypothèse s'éloignait avec l'apparition récurrente de la chanterelle. On imaginait mal ces individus s'encombrant d'arguments poétiques. Néanmoins aucune hypothèse n'était à écarter. L'un d'eux pouvait très bien être né dans un milieu favorisé et en détourner certains codes pour affirmer son opposition. Certes le raisonnement était un peu tortueux, mais pas invraisemblable. La corde appartenait-elle à Nolwenn ? Ce n'était pas à repousser non plus. Dans ce cas, n'importe qui entrant chez elle pouvait ouvrir la boîte à violon et se saisir de la corde. L'enquête avait montré que la jeune fille savait être très accueillante et, probablement peu méfiante ! On devait également considérer qu'il pouvait s'agir d'un cordage du train fantôme. Le local technique du propriétaire n'était pas sécurisé. Un carré suffisait pour l'ouvrir.

Gildas décida de perquisitionner sans attendre les loges du Grand Théâtre, en tout cas celles qui abritaient les violonistes. Il serait intéressant de voir si une corde de mi manquait à l'un d'eux.

Chapitre 16

Arrivé au théâtre, Gildas dut attendre encore un bon quart d'heure avant de demander aux musiciens de lui montrer leurs étuis. Il s'était muni du document réglementaire que le juge lui avait délivré sans problème.

– Mesdames, Messieurs, votre attention s'il vous plaît. J'ai ici une commission rogatoire qui m'autorise à examiner tous les étuis de violons. Je vous demanderai donc de ne pas ranger vos instruments avant que j'aie examiné toutes les boîtes. Toutes les loges sont actuellement fermées. Chacun de vous m'accompagnera dans la sienne afin que je puisse procéder à la vérification.

Chaque musicien devait attendre devant sa loge et entrer avec le policier. Celui-ci examina tous les étuis. Tous en effet avaient leurs cordes de rechange. Si l'une d'elles manquait à l'appel, le musicien devait s'en expliquer. Lorsqu'il arriva à Jules, il lui manquait la corde de mi. Le violoniste semblait consterné par cette perte.

– Où a bien pu passer ma corde ?

– Peut-être l'avez-vous changée, suggéra Gildas

– Ah vous avez raison ! J'ai cassé ma chanterelle hier ! C'est une corde qui vaut une petite fortune.

– Et qu'avez-vous fait de l'ancienne ?

– Je l'ai mise à la poubelle. Je ne pouvais rien en faire.

– Peut-on vérifier ? Où se trouve cette poubelle ?

– Pardon ? Que voulez-vous en faire ?

– Je vous demande juste où je puis trouver cette corde, s'il vous plaît.
– La poubelle se trouve juste à côté de la loge d'Aurélie, celle qui porte le numéro 5.
– Je vais aller voir. Je vous remercie.
– Ah ! Monsieur Bérard, votre voiture de location a été vue à proximité de l'immeuble de Mlle De Fontenelle lundi soir. Pouvez-vous me dire ce que vous faisiez à cette heure-là à cet endroit ?
– J'étais au café d'à côté « Au petit thonier ».
– N'auriez-vous pas dû être à Fort-Bloqué ? Puis-je savoir ce que vous faisiez là ?
– C'est un peu délicat, Capitaine. J'attendais une dame avec laquelle j'avais rendez-vous.
– Alors il suffit de me donner le nom et l'adresse de cette personne.

L'instant, pourtant fugace, d'hésitation n'échappa pas au policier.

– Justement, je ne les connais pas.
– Attendez, vous êtes en train de me dire que vous aviez rendez-vous avec une dame dont vous ignorez jusqu'au nom ?
– Oui, Capitaine, cela peut sembler étrange n'est-ce pas. Pourtant c'est la stricte vérité.
– Peut-être pourrez-vous me dire à quoi ressemblait cette mystérieuse personne.
– Hélas non ! La dame n'est pas venue au rendez-vous.
– Je ne voudrais pas être indiscret, mais puis-je connaître les raisons de ce rendez-vous ?
– Oui bien sûr, je vous demanderai juste de ne pas en parler

à mon épouse : je voudrais lui faire une surprise.
– Je ne peux rien vous promettre, ce sera selon les besoins de l'enquête.
– Bon, alors voilà. Lou, ma femme, adore tout ce qui représente des papillons. Elle en a déjà une belle collection : des bibelots, des photos, des tableaux, et même des peluches. J'avais repéré sur Internet, sur le site du « Bon coin » pour être précis, un pendentif : de petits diamants entouraient des lapislazuli qui formaient un papillon d'un bleu puissant. Cet objet valait une petite fortune, mais ma femme va bientôt fêter ses quarante ans. Il me semblait que ce bijou pouvait être le magnifique témoin de ce passage de la décennie.
– Ah, je vois ! Et la dame n'est jamais venue. Mais comment l'avez-vous contactée ? Elle avait bien un nom ?
– Un pseudonyme, Capitaine. Je ne peux pas la retrouver. De plus, je me demande, avec du recul, si cette personne était bien honnête. J'ai essayé de lui envoyer un message mais il n'y avait plus d'abonné au numéro de téléphone qu'elle m'avait fourni. Son adresse Internet figurant sur le site, n'existait plus non plus.
– À défaut, vous pouvez peut-être me donner ce pseudonyme
– Oui, bien sûr. Cette personne se faisait appeler Aphrodite.
– Bon, si jamais elle reprend contact avec vous, soyez assez aimable de me le faire savoir. Je vous souhaite une bonne soirée.

La boîte à ordures de l'étage avait été vidée. Gildas passa tout de même par le local à poubelles du théâtre. Il voulait vérifier si la corde cassée s'y trouvait. Hélas le conteneur avait été vidé le matin. Il était impossible de savoir si le violoniste disait la vérité sur sa corde. Son histoire de bijou et de femme inconnue semblait difficile à croire. Les soupçons commençaient à s'accumuler sur le violoniste.

Le serveur du « Petit thonier » l'avait formellement reconnu, mais il n'aurait pu jurer qu'il ne s'était pas absenté :

– À cette heure-là, ce jour-là, c'était jour de match. Les Merlus[13] avaient gagné, alors forcément, il y avait beaucoup de monde, et ma brasserie est grande.

Gildas avait interrogé tous les serveurs. Tous l'avaient remarqué mais aucun ne pouvait attester que le jeune homme ne s'était pas absenté. Personne n'avait entendu parler d'Aphrodite. Le bar était presque mitoyen avec l'immeuble de la jeune fille.

Gildas regagna le commissariat, le cœur lourd : qui de Kevin, de Diego ou de Jules avait tué Nolwenn ? Ils avaient tous un mobile et tous avaient la force pour le faire. Les alibis étaient bien fragiles, pour certains même invérifiables. Il n'excluait pas l'un des invités qualifiés de louche, aux fêtes de la jeune fille. Existait-il un lien entre le poème et la mort de Nolwenn ? Qui avait envoyé ce poème ?

Il restait un soir et un jour au capitaine pour trouver le coupable.

13- Nom donné à l'équipe de football de Lorient

Chapitre 17

Gildas mettait de l'ordre dans ses notes. Toute l'équipe sauf Pol, attablée dans la salle de repos devant une pizza, attendait avec impatience à la fois son chef et le résultat des enregistrements de la vidéo surveillance du cybercafé.

Eliot avait eu quelques difficultés à se les faire remettre : ignorant les recommandations de Pol, il était parti sans commission de réquisition. Le patron de l'entreprise n'avait pas voulu lui confier ces DVD sans être certain de l'utilisation qui en serait faite. Le policier avait dû retourner au bureau, demander à parler au procureur de toute urgence, puis retourner au cybercafé. Que de temps perdu à vouloir en gagner en frisant le vice de procédure ! Ce n'était pourtant pas faute d'avoir soulevé la question ! Une fois le problème réglé, il s'était présenté à nouveau au cybercafé et le patron lui avait remis les enregistrements en expliquant qu'il ne voulait pas se mettre hors la loi, que le policier devait comprendre cela. Que dire en effet ? Eliot n'avait pu que remercier poliment le cafetier.

Il venait de remettre les disques à Pol qui était en train de les visionner, quand Gildas poussa la porte de ce petit havre de paix, avec sa tête des mauvais jours. Entré dans la police par vocation, il avait la hantise de l'erreur judiciaire. Il ne voulait pas se l'avouer mais il avait du mal à croire en la culpabilité de Jules. En fait il avait surtout envie que ce soit une mauvaise piste. Il n'arrivait pas à savoir si c'est parce que le violoniste lui était sympathique ou parce qu'il lui semblait qu'un musicien doté d'un tel talent, d'une telle sensibilité, ne pouvait pas adopter un comportement aussi barbare. De plus le mobile était fragile : une partition égarée dans le métro et une rétrogradation à l'orchestre du festival ne semblaient pas des motifs suffisants pour engendrer une réaction si violente. Pourtant son alibi d'opérette n'était pas de nature à le disculper.

Kevin, par contre, avait une grosse dette envers Nolwenn. En supprimant sa débitrice, il supprimait la dette. Le raisonnement, un peu simpliste semblait assez correspondre au jeune forain qui, de plus, avait la violence au bord des poings. L'utilisation d'une corde de violon, le poème, n'inclinaient pas vers ce personnage, un peu trop rustre. Mais il ne faut pas oublier que lui aussi possédait des cordons en tungstène.

Il se pouvait aussi que le poème représentât une menace en l'air sans rapport avec le meurtre.

Le temps de prendre un café à la machine et Gildas entendit le pas léger de Pol qui revenait, triomphant, avec les résultats de l'analyse des deux enregistrements vidéo.

– Le mieux serait peut-être que vous veniez tous dans l'Antre.

Toute l'équipe se retrouva donc au sous-sol du bâtiment. Les policiers étaient excités à l'idée que, sans apporter de solution complète à leur affaire, ces films les orienteraient probablement vers l'assassin.

La caméra qui filmait la rue où habitait Nolwenn à l'heure du crime, montrait la petite voiture de location du violoniste, garée à peine à une dizaine de mètres du domicile de sa collègue. Il avait signalé sa présence sur les lieux prétextant un rendez-vous avec une inconnue contactée sur « le Bon coin » et dont on ne trouvait aucune trace : difficile à croire.

On apercevait également très nettement, au bout de la rue, un break Volvo rouge. On ne pouvait distinguer toute la plaque d'immatriculation, seulement les deux dernières lettres. Gildas consulta ses notes. Il y avait fort à parier qu'il s'agissait bien du véhicule dissimulé par une bâche à proximité de la caravane de Diego, mais rien ne prouvait que ce véhicule lui appartenait. Kevin avait le même.

Gildas nota qu'il devait éclaircir ce point. Le jeune homme avait expliqué qu'il s'était fâché avec son amie, mais avait-il été jusqu'à la tuer ? On le sentait raffiné, poète aussi. Mais il n'aurait pu faire cela que sous le coup de la colère. Le poème envoyé quelques jours plus tôt laissait penser à un assassinat mûrement réfléchi. Enfin on distinguait très nettement la moto dont avaient parlé les voisins. Elle était reconnaissable à sa couleur, mais également à la tenue insolite des deux pilotes qui envoyaient un geste obscène en direction de la fenêtre de la jeune fille. Les deux jeunes, connus des services de police pour trafic de stupéfiants, étaient des suspects envisageables, si ce n'est le poème : il était difficile d'imaginer la moindre once de délicatesse dans la bouche de ces lascars. Même si l'hypothèse ressemblait à une évidence, rien ne prouvait, pour l'instant, la relation entre le poème et le meurtre. Donc on ne pouvait exclure cette piste.

La première caméra du cybercafé, datée du dimanche

soir montrait Jules, installé à un ordinateur. Il ne se cachait pas, mais qu'y faisait-il ? Était-il en relation avec Aphrodite, la mystérieuse femme au papillon bleu ? Tentait-il de la joindre ? Gildas avait relaté à son équipe les propos du violoniste. Le doute s'était installé tant l'histoire de Jules était difficile à croire.

Gildas en était là de ses réflexions lorsque Pol fit glisser sous son visage le second DVD que lui avait apporté Eliot. On sentait qu'il tenait là une vraie surprise. En comédien accompli, il fit durer le suspens, simula une panne sur son appareil, prétextant que l'écran géant posait des problèmes de connexion. Gildas bouillait littéralement sur sa chaise. Enfin l'image apparut. Rien de bien nouveau au premier abord, mais le technicien manipula les différentes positions de focus jusqu'à ce qu'apparaisse nettement le visage de Marie. Il déplaça la souris sur la date de l'enregistrement. Le système affichait jeudi à dix-huit heures. La stupéfaction se lisait sur les visages : serait-elle l'auteur et l'expéditeur du poème ? Pourquoi ?

Il était tout de même difficile de croire qu'elle aurait assassiné son amie d'enfance. Elle n'en avait sûrement pas la force et surtout pas le mobile. Gildas l'avait trouvée complètement ravagée par les sanglots et elle n'avait pas, vis-à-vis de son amie, la moindre parcelle d'hostilité. Elle était même la seule à la soutenir. Son amitié semblait indéfectible. Que venait-elle faire dans cette histoire ? Quel rôle jouait-elle ? Peut-être sa présence à cet endroit, à ce moment était-il dû au simple concours de circonstance.

Gildas était de plus en plus perplexe. Il en était là de ses réflexions lorsque Pol fit glisser sa souris.

À la surprise générale, on vit s'encadrer sur l'écran, le visage de Jules. Il était donc, lui aussi, usager d'un ordinateur public le jour et à l'heure de l'envoi du poème. Les caméras n'étaient pas assez puissantes pour lire ce qui était écrit sur l'ordinateur, c'est même une limite obligée de la vidéosurveillance. Au-delà, il s'agit d'un délit. La présence de Jules à cet endroit et justement ce jour-là, à cette heure-là, semblait apporter un élément supplémentaire de l'implication du musicien dans le meurtre de sa collègue. Gildas, malgré ses réticences, était obligé de se rallier à l'avis général.

Soudain, Pol annonça qu'en examinant les images de plus près, il avait trouvé un autre personnage sur cette même bande. Un autre plan, plus difficile à cadrer, plus sombre aussi, permettait d'identifier Kevin sans aucune ambiguïté malgré un effort évident pour se dissimuler : sa capuche était baissée sur son visage qu'il s'efforçait de masquer. Il était installé dans un coin obscur de la salle. Il semblait occupé à recopier laborieusement un document posé à côté de l'ordinateur.

Décidément rien n'était simple dans cette affaire, les hypothèses se succédaient, sans pour autant se hiérarchiser : aucune ne semblait l'emporter sur l'autre. Trois personnes possédant un ordinateur personnel, avaient donc sollicité les services d'un ordinateur public et envoyé un courriel le même jour à la même heure. Etait-ce au même destinataire? S'agissait-il du message menaçant retrouvé dans la machine de Nolwenn ? Les trois internautes connaissaient l'existence de la chanterelle. L'un d'eux avait-il écrit et envoyé le poème ? Si oui, lequel ? Pourquoi Jules était-il retourné au cybercafé la veille du meurtre ?

– Peux-tu me rappeler quel jour et à quelle heure a été envoyé le poème à Nolwenn, Pol ?
– Justement ce courriel est parti jeudi à dix-huit heures quatorze du serveur du cybercafé.
– Nos trois « clients » étaient présents ce jour-là, à cette heure-là. On imagine mal Marie et Jules s'adonnant à des jeux vidéo et Kevin était très nettement en train de recopier un texte. L'un d'eux a probablement écrit et envoyé le poème, mais qui ?

Pourquoi, lorsque l'on possède un ordinateur personnel, utiliser les services d'un cybercafé, si ce n'est pour dissimuler quelque chose ? On ne peut écarter l'éventualité d'une panne. Mais deux personnes soupçonnées dans la même affaire, plus une ayant quelques accointances avec la victime, auraient été victimes d'une panne d'ordinateur le même jour à la même heure, c'était troublant. Que souhaitaient-ils cacher et à qui ? Un seul avait-il envoyé le poème ou étaient-ils tous les trois complices dans cette affaire ? Eliot imaginait un scénario où Jules aurait écrit le poème, Marie l'aurait envoyé et Kevin aurait fait le « sale boulot ».
– Evidemment, avait concédé Gildas, on ne peut exclure l'hypothèse de complicités, mais l'absence d'alibis convaincants n'est pas complétée par des mobiles à toute épreuve. Et Marie, que viendrait-elle faire dans cette histoire ?

À la fin de la réunion, le trouble était dans tous les esprits. Il restait un jour au capitaine Le Doussal pour terminer cette enquête dont l'issue était encore bien incertaine.

Avant la fin de la soirée, Gildas avait prévu d'aller voir

la mère de Marie. Il avait pris rendez-vous à l'heure de la répétition. Ainsi il pourrait s'entretenir avec elle hors la présence de sa fille. Avant de partir il demanda :
– Eliot, je voudrais que tu fasses une demande auprès du juge pour extraire de leur prison, demain matin, Daniel Jegouzo et Dylan Kerner, les deux dealers qui ont été interpellés le lendemain du crime par la brigade des stupéfiants et immédiatement placés en détention préventive. J'aimerais les interroger même si je n'y crois guère. Ils seront placés sous ta responsabilité. On s'occupera d'eux demain à onze heures. Tu mèneras l'interrogatoire. Je t'assisterai.

Au moment de se rendre chez la mère de Marie, Gildas entendit sonner son téléphone. Aurélie était au bout du fil :
– Bonjour Capitaine, Excusez-moi de vous déranger, il m'est revenu un petit évènement, peut-être sans importance.
– Tout est important, Mademoiselle, dit Gildas, redevenu soudain professionnel avec la musicienne.
– Je ne voudrais nuire à personne. Je ne voudrais pas déstabiliser l'orchestre.
– Je vous rappelle, Mademoiselle, qu'il s'agit d'une enquête pour meurtre et tout élément servant à la manifestation de la vérité doit être porté à notre connaissance.
– Hé bien voilà. L'autre soir, j'ai entendu une discussion un peu animée dans la loge de Nolwenn. En tendant l'oreille, j'ai compris que son interlocutrice était Marie.
– Savez-vous ce qui les opposait ?
– Je n'ai pas l'habitude d'écouter aux portes, mais il suffisait de passer à proximité de la loge pour entendre ce qu'elles se disaient tant l'entretien était vif. J'ai compris

qu'il y avait entre elles une histoire avec un homme.

– Leur connaissez-vous un petit ami ?

– D'après ce qu'elles laissent paraître l'une et l'autre, il me semble que Marie n'en a pas, alors que Nolwenn n'aurait que l'embarras du choix.

– Si je comprends bien, vous pensez qu'elles se seraient éprises du même garçon.

– C'est ce que je pense, en effet, sans pouvoir l'affirmer. Nolwenn, qui parlait très fort, expliquait à son amie avec des mots blessants, que jamais il ne serait à elle, qu'elle ne le méritait pas, qu'elles n'étaient pas du même monde. Pour la première fois, j'ai entendu Marie élever la voix, elle aussi.

– Avez-vous une idée de l'identité de ce garçon ?

– Non, Capitaine. Peut-être Mme Le Goff pourrait-elle vous en dire plus.

– Merci Mademoiselle pour votre collaboration.

– De rien, Capitaine. J'espère que je ne mets personne en difficulté en vous révélant cela.

– Non bien sûr, c'est votre devoir de m'apporter ces éléments. De plus, soyez certaine que si vous ne m'aviez pas parlé, un autre l'aurait fait : j'imagine que d'autres que vous ont entendu cette discussion si animée.

Gildas raccrocha, perplexe. Il avait à peine posé le téléphone, que celui-ci se manifestait à nouveau. Fabienne apportait une précision. La conversation dura à peine quelques minutes. Il répondit rapidement et partit rendre visite à Mme Le Goff. Elle avait accepté de le recevoir, mais n'avait d'autre moment que le soir après son travail. C'est exactement ce qu'il souhaitait.

Chapitre 18

Il était déjà plus de dix-neuf heures lorsqu'il sonna chez Mme Le Goff.
– Bonjour Madame. J'espère que je ne suis pas trop tard.
– Bonjour Capitaine. Oh non pas du tout ! C'est la meilleure heure pour me trouver. Donnez-vous la peine d'entrer.
– Comment allez-vous et comment va votre fille ?
– Comme tout le monde, j'ai du mal à comprendre la tragédie qui vient d'endeuiller notre petit univers. Quant à Marie, elle ne se remet pas de la mort de son amie. J'ai du mal à la faire sortir de sa chambre, sauf pour aller à l'orchestre. Elle est très consciencieuse et ne raterait une répétition pour rien au monde. Mais je suis un peu inquiète: elle a perdu deux kilos, si elle continue ainsi elle risque de tomber malade. Il ne faudrait pas qu'elle force trop, elle a un problème de santé compliqué.
– Quel est ce problème ?
– Elle souffre, depuis sa naissance, d'une maladie orpheline qui altère sa formule sanguine. Elle doit faire régulièrement des transfusions à l'hôpital. Ce qui complique sérieusement les choses, c'est qu'elle a un groupe sanguin très rare. À Paris, elle va régulièrement au centre français du sang. Elle ne rencontre pas trop de problèmes, les donneurs ne sont pas légion, mais il y en a tout de même quelques-uns. À Lorient, trois ou quatre personnes seulement peuvent lui donner leur sang.

– Savez-vous qui sont ces personnes ?
– Non, bien sûr, le don du sang est anonyme. Mais je sais que l'une d'elles est toujours là quand on a besoin de son sang. Elle ne refuse jamais de venir, même le dimanche.
– Une bien belle personne, assurément ! Quel est donc ce groupe si rare ?
– Marie est du groupe AB moins.
– J'espère qu'elle va pouvoir continuer à vivre le mieux possible avec ce souci. On peut aussi souhaiter qu'on arrive à la guérir. Autre chose, Madame. Savez-vous si Marie a un petit ami ? Ce serait bien normal à cet âge !
– Non, Capitaine. Je trouve même Marie parfois bien solitaire. Chaque fois que nous abordons cette question, elle m'explique que je me suis bien occupée d'elle pendant vingt longues années, que j'ai sacrifié une partie de ma vie pour qu'elle devienne ce qu'elle est devenue, que c'est maintenant à son tour de prendre soin de moi.
– Votre fille a un grand cœur, Madame Le Goff, résultat d'une belle éducation, sans aucun doute.
– Merci, Capitaine, mais voyez-vous, j'aimerais bien qu'elle soit un peu moins solitaire.

Manifestement, Marie n'avait pas parlé avec sa mère du différent qui l'avait opposée à Nolwenn, le jour même de sa mort. Soit elle était très renfermée, soit la mort de son amie lui avait fait oublier ce différent. Gildas nota qu'il lui faudrait éclaircir cela.
– Oui, je comprends. Autre chose, Madame, Marie dispose-t-elle d'un ordinateur ?
– Oui bien sûr. C'est complètement indispensable dans la vie d'aujourd'hui, n'est-ce pas. Mais je ne sais pas si elle

l'a rapporté pour les vacances ou si elle l'a laissé à Paris. Je lui poserai la question quand elle rentrera de sa répétition.

– Peut-être pouvons-nous jeter un coup d'oeil à sa chambre

– Vous avez raison, nous serons fixés.

Dans la chambre de Marie, sur son bureau, un ordinateur portable était installé. Gildas ne pouvait l'ouvrir, encore moins l'emporter, sans risquer le vice de procédure. Il reviendrait avec une commission rogatoire.

– Encore une petite question, Madame. Habitez-vous la région depuis longtemps ?

– Je me suis installée à Lorient voilà dix-huit ans.

– Où étiez-vous avant ?

– Bien que bretonne, j'ai grandi dans un petit village de l'est de la France. Je suis partie à Reims pour faire mes études. J'y ai vécu pendant environ une quinzaine d'années.

– Est-ce là que vous avez rencontré le père de Marie ?

– Tout à fait. Un Breton, comme moi. C'est ce qui nous a rapprochés. Marie est née à Reims.

– Pourquoi êtes vous venue en Bretagne ?

– Lorsqu'il m'a abandonnée, je n'ai eu de cesse de mettre de la distance entre cet homme et moi. Mes parents étaient revenus sur leur terre natale pour passer leur retraite. J'ai pensé que ce serait important d'élever Marie près de ses grands-parents. Pour ces raisons, j'ai donc traversé toute la France. J'avais commencé des études de médecine que j'avais dû interrompre à la naissance de Marie. Je n'ai eu aucun mal à trouver un emploi de secrétaire médicale.

– Donc Marie ne connaît pas son père.

– Non et elle n'a jamais abordé ce sujet. Si elle l'avait souhaité, je lui en aurais parlé, bien sûr, mais chaque fois que j'ai tenté de le faire, elle a détourné la conversation.

Gildas n'en demanda pas plus. Il sentait que le sujet était encore bien lourd. Cette indiscrétion n'aurait pas fait avancer son enquête.

– Je vous remercie infiniment de votre obligeance, Madame. Auriez-vous la gentillesse de demander à Marie de passer demain au commissariat à quatorze heures pour signer sa déposition ? Je sais que le moment sera difficile, mais c'est indispensable.

Il rentra à la maison sans passer par le commissariat. Il avait bien du mal à mettre de l'ordre dans son enquête. Il décida de faire un détour par la route côtière. Quelques voiliers narguaient encore les courants au large de l'île de Groix. Le soleil, toujours haut dans le ciel, dardait ses rayons sur la mer verte et bleue à la façon d'un peintre.

Pas un souffle de vent, pas le moindre courant d'air, rien ne venait troubler ce paisible paysage.

J – 1, Jeudi

Chapitre 19

Une fois encore, la nuit avait été courte, habitée par des fantômes étranges qui avaient entraîné le lieutenant dans des situations baroques. Il restait un jour au capitaine et à son équipe pour trouver le ou les meurtriers de Nolwenn De Fontenelle. En effet demain, quoiqu'il arrive, l'orchestre ouvrirait le festival.

On avait réussi l'exploit de ne pas laisser fuiter la nouvelle qui aurait pu briser l'esprit du festival avant qu'il ne commence. Tous les acteurs de la fête avaient conscience de ce problème. Nul n'avait averti la presse de quoi que ce soit.

Bérénice, l'attachée de communication, était dans la confidence. Elle avait fait tout ce qui était en son pouvoir pour orienter les journalistes sur le programme alléchant du festival et les nombreux faits divers qui précèdent chaque année son ouverture. L'agenda particulièrement riche, les artistes internationaux qu'il allait regrouper cette année, occupaient la presse toute entière. Les coulisses et les petits incidents qui émaillaient la préparation de l'événement passionnaient les lecteurs. La disparition de la fille du président aurait pris une place dominante qui ne pouvait que nuire au lancement de l'événement.

La journée d'aujourd'hui, veille de l'ouverture du festival, s'annonçait très dense pour tous les Lorientais, qu'ils soient artistes, bénévoles, festivaliers ou simples citoyens. Traverser Lorient devenait compliqué. Les marchands de produits locaux et... moins locaux avaient pris leurs marques dans les petits chalets de toile. Le quai de Rohan commençait à accueillir les éditeurs et les auteurs, la brise feuilletant parfois les livres sans y être invitée.

Toutes les délégations celtiques étaient arrivées. Leurs autocars tentaient de se trouver des places de stationnement. La géographie s'en trouvait bouleversée : l'Écosse côtoyait la Galice, la ville de Vannes se frayait un chemin entre celle de Quimper et les Asturies, lesquelles avaient trouvé confortable de se garer à l'ombre de Landerneau. Les Irlandais et les Acadiens étaient venus en avion. Les musiciens étaient éparpillés aux quatre coins de la ville.

Chaque groupe faisait sonner sa culture à pleins poumons. Les costumes traditionnels étaient sortis des valises. La trépidante gaieté des Galiciens et des Asturiens donnait la réplique à la technique rigoureuse des gigueurs écossais. Une paire de castagnettes facétieuse se mêlait tout à coup de rythmer le son de la bombarde ou de donner la réplique aux claquettes des danseurs Irlandais. Les bagadoù bretons, se ralliant à la fête générale, rappelaient tout de même que l'on était en Bretagne.

Les cercles celtiques se réservaient pour le défilé de dimanche : l'heure était au repassage soigneux des coiffes et des collerettes. Quelques harpistes accordaient leurs instruments sur les marches du palais des Congrès. Ils seraient là chaque jour pour inviter, à la magie de la musique celtique, les visiteurs déjà convaincus. Les rues se préparaient pour la grande parade. Des passants semblaient ravis, d'autres étaient surpris. Les festivaliers prenaient leurs marques. Les employés partaient au travail la joie au cœur.

Au théâtre, tous les musiciens étaient à leur pupitre, instruments accordés. A neuf heures Patrick pouvait lever sa baguette. Jules était de nouveau aux manettes, les autres musiciens, prêts à le suivre. L'ambiance était un peu lourde, l'humeur n'y était pas : l'une des leurs avait été assassinée, l'un des leurs était soupçonné. Patrick avait du mal à motiver ses troupes, à obtenir la concentration indispensable :

– Allez les amis ! On y va ! Le festival compte sur nous. Comme chaque année, nous ouvrons la fête. Le spectacle doit continuer, vous le savez tous, je vous l'ai déjà dit, c'est la loi de notre métier. Nous jouerons pour Nolwenn ! Pauvre petite ! Elle ne méritait pas ce qui lui est arrivé.

Pendant que Patrick travaillait à la dernière mise en place du programme d'ouverture, Gildas, lui aussi en chef d'orchestre, réunissait son équipe, espérant être, comme Patrick, dans la dernière ligne droite.

– Les amis, il nous reste un jour pour découvrir le fin mot de cette affaire. Je pense que nous touchons au but, enfin je suis en droit de l'espérer. Pour ceux qui ne le sauraient pas encore, les caméras de surveillance ont montré que la voiture de Jules et celle de Diego étaient garées à proximité de l'immeuble de Nolwenn au moment du crime. La moto des dealers apparaît également à la même heure, ainsi que l'ont signalé les voisins.

– D'autre part, nous savons que Kevin, Jules et Marie étaient installés, chacun à un ordinateur du cybercafé précisément à l'heure où l'on a envoyé le poème à Nolwenn

depuis cette adresse. Le patron est en train de chercher des traces de l'opération.
– En ce qui concerne la bande de vidéosurveillance de la rue : sait-on si l'on a vu la voiture de Marie également dans les parages ? demanda Gwendal.
– Marie ne circule qu'à vélo, Gwendal.
– Et, bien sûr, on n'a pas cherché de vélo dans les enregistrements.
– A vrai dire, Marie n'a pas de raison pour assassiner Nolwenn : c'est sa meilleure amie. Sa mort l'a plongée dans un très profond désarroi.
– Enfin, tu nous as tout de même fait part d'une discussion, disons houleuse entre les deux jeunes filles, dit Gwendal. L'amour, la jalousie sont des ingrédients à ne pas négliger dans une affaire de meurtre.
– C'est sûr, répondit Eliot, mais tout de même. Si on réglait au couteau ou au pistolet, voire à la « chanterelle », tous les problèmes de jalousie, nous ne serions pas assez de policiers dans toute la France. Son mobile reste faible.
– Et pourtant, ça s'est vu suggéra Gwendal. Permets-moi de n'être pas tout à fait de ton avis.
– Pour ma part, souligna Pascal, il me semble que cette jeune fille n'a ni la carrure ni la force nécessaires pour commettre un tel acte.
– Alors là, je suis d'accord avec toi. Il semble tout de même difficile d'envisager que cette frêle jeune fille puisse s'attaquer à Mlle De Fontenelle, qui, sans être une force de la nature, aurait largement pu se défendre.
– Pourtant, aucune piste ne doit être écartée a priori. Elle aurait pu bénéficier de complicité.

– C’est vrai, elle aurait pu, par exemple, demander l’aide d’un forain.

Gildas clôtura cette discussion, dont il sentait qu’elle allait se répandre à tous les autres témoins de l’affaire, en disant :
– C’est tout de même elle qui connaît le mieux la victime. Elle pourra nous aider en cas de besoin. Donc c’est pour cela qu’elle est convoquée aujourd’hui. Elle doit aussi signer sa déposition, comme tout le monde.

Il y avait trop de suspects. Chacun d’eux avait un mobile, chacun d’eux se trouvait sur le lieu du crime au moment du crime avec un alibi invérifiable. Si le métier d’enquêteur est constitué en grande partie d’un raisonnement rigoureux, à ce moment de l’enquête, le policier doit faire montre d’imagination pour tenter de reconstituer l’affaire. Cet après-midi du jeudi devrait réunir toutes les pièces d’un puzzle afin de faire émerger une vérité qui, de toute façon, serait terrible.
– J’attends tous nos témoins ici à quatorze heures. Est-ce que tout le monde a été convoqué ?
– Oui, pas de problème. Ils ont tous répondu qu’ils seraient là à l’heure. Le courriel que je leur ai envoyé fait état de leur déposition qu’ils devront signer.
– J’avais pensé à une grande réunion, qui, sans être une confrontation, aurait peut-être permis de faire surgir la vérité. Mais, après réflexion, je pense que les entendre séparément sera une meilleure stratégie. Après, au besoin, nous pourrons envisager de les confronter, tous ou par affinité.

Chacun de nos protagonistes doit venir à quatorze heures, donc en principe, pour signer sa déposition. Kevin pourra en profiter pour récupérer son ordinateur. Il faudrait s'arranger pour approfondir leur témoignage sans transformer cela en interrogatoire. Débrouillez-vous pour les emmener chacun dans une salle. Ce sera sans doute plus efficace.

Pol, j'aimerais que tu te charges aussi de convoquer Aurélie Le Breton, musicienne sur laquelle j'aimerais m'appuyer en tant qu'expert des instruments à cordes. On ne sait jamais, avec cette histoire de chanterelle, nous aurons peut-être besoin d'une spécialiste.

– Pas de problème, Gildas, je m'en occupe.

– Je me suis renseigné : les musiciens ont quartier libre tout l'après-midi. Ce soir il y a une répétition générale qui débutera à vingt heures. Donc tout doit être bouclé pour dix-neuf heures.

Fabienne, j'espère que tu seras des nôtres : nous aurons probablement besoin de tes lumières pour étayer scientifiquement une thèse, par exemple.

– Oui, bien sûr ! je réserve mon après-midi.

– Ah, j'oubliais ! je pense qu'il serait correct d'inviter M. De Fontenelle également.

– Tu es sûr, Gildas ?

– Je crois qu'il a le droit de savoir. Je lui ai promis de le tenir informé de l'enquête.

– Je serais toi, dit Gwendal, le vieux briscart de l'équipe, j'attendrais. Introduire la future partie civile dans les interrogatoires, même déguisés, peut brouiller les cartes à jamais.

– Tu es un sage, Gwendal, dit Gildas. Tu es aussi le plus expérimenté de nous tous. Je vais suivre ton conseil. Nous allons donc nous concentrer sur nos suspects, pardon, sur nos témoins.Voilà comment je compte procéder :

Je les réunirai dans la salle d'attente du commissariat. D'abord, je ferai, pour tout le monde, un récit de ce que nous savons. Ensuite nous nous répartirons les témoins. Nous avons six personnes à interroger, il faut donc être très précis sur l'organisation de notre salle d'attente. Il ne faudrait pas qu'ils s'entretuent avant leur audition. La pièce sera placée sous la surveillance conjuguée de deux agents et des caméras de surveillance. Un tueur figure sans doute parmi ces personnes, on n'est jamais trop prudent.

Kerner et Jegouzot auront été interrogés ce matin. De deux choses l'une : soit l'on aura démontré la culpabilité de l'un ou de l'autre, ou des deux et l'après-midi sera juste une formalité ; soit ils retourneront dans leurs cellules et ils n'encombreront pas notre salle d'attente.

Si nos deux dealers ne sont pas coupables, il nous faudra envisager l'hypothèse que, sauf information nouvelle, l'un des quatre restant est celui que nous cherchons. Trois d'entre eux ont un mobile et n'offrent pas d'alibi convaincant. Je mets à part la harpiste qui n'a pas vraiment de mobile et surtout pas la force physique nécessaire pour accomplir ce geste, même si, comme l'a dit Gwendal, on ne peut écarter cette hypothèse. Par contre elle est un témoin de première importance car elle connaît très bien la victime.

Nous commencerons par les deux forains. Pascal, tu mèneras l'interrogatoire de Kevin. Il te connaît, il sera peut-être plus en confiance. Je passerai dans la salle, comme prévu, mais il serait bien que Gwendal t'accompagne. Le jeune homme sait se montrer nerveux.

Toi, Eliot, tu t'occuperas de Diego.

– Je pourrais peut-être le faire pendant que Pascal sera avec le maître du mystère.
– Oui. Je crois qu'il ne faut pas les entendre ensemble, mais simultanément me paraît une bonne solution si nous voulons finir avant ce soir. Chacun d'eux se rendra dans la salle qui lui aura été indiquée. Cela les sortira, comme l'on dit aujourd'hui, de leur zone de confort. Donc Eliot, tu t'occuperas de Diego.

Je me réserve d'auditionner les deux musiciens. Bien évidemment vous serez là tous les trois avec vos questions pertinentes. En effet, il sera intéressant de croiser les témoignages recueillis avec les arguments que chacun avancera.

Comme nous ne pouvons pas être partout, en nous attendant, Jules pourra réfléchir à son alibi fantaisiste dans la salle qui lui sera assignée. Nous verrons si cette période d'attente l'incite à changer de version.

Enfin nous terminerons cet après-midi chargée avec Marie, cela devrait aller vite. Par contre, c'est elle qui patientera le plus longtemps. Il lui faudra attendre que j'en aie terminé avec son collègue. Elle pourra peut-être apporter quelques précisions.

Guillaume, vous serez chargé de vous en occuper. Essayez de transformer cela en compagnie plutôt qu'en contrôle. N'hésitez pas à lui proposer du café et un peu de lecture. Il ne faudrait pas la braquer.
– Vous pouvez compter sur moi, mon capitaine !
– Vous devrez également prendre la déposition de Mlle Le Breton et, si possible, la faire patienter en salle de repos : elle sera là en tant qu'expert.
– Ne vous faites aucun souci, mon capitaine. Finalement,

vous me confiez un rôle de chevalier servant, ce qui, dans la police, n'est pas si courant !
– Chacun d'entre eux devra signer sa déposition. Il ne faut pas perdre de vue qu'ils seront là en qualité de témoins, il ne nous est pas possible de leur demander de nous remettre leur téléphone portable. Il faudra veiller à ce qu'ils ne les utilisent pas. Au besoin, n'hésitez pas à leur rappeler que l'usage en est interdit dans l'enceinte du commissariat.
– Pour résumer : Eliot et Pascal, vous serez donc chacun dans une salle vous prendrez les dépositions par écrit. Gwendal et moi passerons de l'un à l'autre, histoire de faire préciser des détails. Fabienne sera, elle aussi, de la partie. Pol, comme d'habitude, tu t'occuperas de gérer, depuis ton Antre, les enregistrements et les caméras.
– Tu peux compter sur moi, Gildas. Je vais te faire un film à décrocher la palme d'or à Cannes !
– N'oublions pas que nous jouons la dernière partie. Elle devra contenir des preuves irréfutables et, si possible, des aveux, qui devront nous permettre de clore l'enquête. Un faisceau de présomptions ne sera pas suffisant. J'en ai discuté avec chacun de vous : vous avez tous votre idée sur le coupable.

Espérons que nous ne nous trompons pas, qu'il sera parmi nos suspects et que nous pourrons démontrer sa culpabilité sans contestation possible.

N'oubliez pas, les amis, que nous devons travailler à charge et à décharge. Nous ne pouvons exclure l'idée qu'il s'agit peut-être de quelqu'un d'autre et que l'enquête peut être reprise du début. Rappelez-vous bien également qu'il ne nous appartient pas de juger.

Commissaire, serez-vous des nôtres ?
– Je préfère m'inviter chez le capitaine Kermarrec. Ma présence pourrait compliquer les choses. Je suivrai tout cela avec beaucoup d'intérêt, depuis l'Antre.
– Très bien. J'attends tout le monde à treize heures quarante cinq. Guillaume, pouvez-vous nous préparer du café, s'il vous plaît ?
– Avec plaisir mon capitaine, répondit le jeune agent de la circulation. Je prévoirai aussi de l'eau fraîche. Avec cette chaleur, vous risquez d'en avoir besoin. Je mettrai des verres et une carafe dans chaque pièce. Je peux également préparer le plan de la salle d'attente : par exemple, indiquer le nom de chacun sur une chaise, de telle sorte qu'ils se sentent attendus plutôt qu'assignés, puis reporter le même étiquetage sur les portes. Chacun d'eux pourra s'installer là où il verra son nom puis se diriger sans aucun souci vers l'officier qui l'attend.
– Très bien, Guillaume, décidément vous pensez à tout.

Le policier rougit sous le compliment.
– Il est dix heures. Nous allons procéder à l'interrogatoire de Kerner et Jegouzot. Eliot, à toi l'honneur ! Pascal et moi, nous t'assisterons. On peut souhaiter que notre enquête s'arrête là. Je n'y crois pas trop, mais on ne peut ignorer cette piste.

Les deux marchands de misère avaient été extraits de leur maison d'arrêt. Ils semblaient décontractés. Ils avaient été interpellés la veille pour trafic de stupéfiant. Après leur arrestation, la justice avait demandé un complément d'enquête. Ils ne tarderaient pas à sortir, pensaient-ils, avec les excuses des policiers qui n'avaient rien contre eux. Ils se sentaient protégés par un genre d'entité supérieure dont ils ne connaissaient pas les rouages, mais qu'ils imaginaient arriver à leur secours en toute circonstance. Ils ne voyaient pas comment la police aurait eu, cette fois, le pouvoir de les inquiéter.

– Bonjour Messieurs. Vous êtes ici en tant que témoins dans une affaire criminelle.

– Ah ! que s'est-il passé ? dit Dylan, sur un ton provocateur.

– Une jeune femme, Mlle Nolwenn De Fontenelle, a été retrouvée sans vie mardi matin à son domicile. L'homicide ne fait aucun doute : elle a été étranglée lundi soir aux alentours de vingt-deux heures. Ce jour-là, à cette heure-là, vos motos ont été repérées à proximité de la scène de crime, par des voisins. Les témoignages sont confirmés par les enregistrements des caméras de surveillance disposées à trois endroits de la rue. La semaine précédente, Mlle De Fontenelle avait organisé une fête, comme elle avait l'habitude de le faire chaque fois qu'elle rentrait de Paris où elle travaillait.

Nous savons que vous, M. Jegouzo et vous aussi M. Kerner, étiez en compte avec la victime. Vous avez avoué à nos collègues de la brigade des stupéfiants, être vendeurs occasionnels de cocaïne, ce qui, bien évidemment, vous fait tomber sous le coup d'une grave accusation. En effet, occasionnel ou régulier, le marché de la cocaïne est interdit et sévèrement réprimé.

– Pour l'instant, nul n'a pu le prouver.

– Mais vous avez avoué ! s'écria Gwendal.

– Sous la torture ! Notre avocat a nié.

Le lieutenant continua :
– Pourtant, vous avez précisé que vous comptiez Mlle De Fontenelle dans votre clientèle. Qui dit client, dit marchand ! Mais ce n'est pas notre sujet. Sans être elle-même consommatrice de vos produits, Mlle De Fontenelle s'approvisionnait auprès de vous, pour fournir l'un de ses amis. Vous vous êtes rendus à sa fête avec l'idée de régler un différent. Devant ses amis, pensiez-vous, elle n'oserait pas le scandale.
– C'est faux. Elle nous avait juste invités pour nous faire plaisir.
– Mais bien sûr ! une grande philanthrope, Mlle De Fontenelle !
– Oui ! d'ailleurs nous l'aimions bien. Pourquoi aurions-nous voulu la tuer ?
Plus cynique, Dylan Kerner précisa :
– Pour nous c'était tuer la poule aux oeufs d'or ! Nous perdions ainsi une source de revenu, qui sans être régulière, était tout de même assez confortable.
– Tout en élégance ! ne put s'empêcher de souligner Pascal.
Eliot, sans laisser au malfrat le temps de réagir, reprit le cours de son exposé.
– Nous avons visionné, dans l'ordinateur de Mlle De Fontenelle, un dossier qui portait le nom de code « JK&Co » pour Jegouzot, Kerner et Cocaïne. Nous avons appris qu'un jour, vous aviez modifié le fonctionnement de votre petit commerce. Désormais, elle devrait vous verser l'argent contre une promesse de lui fournir de la cocaïne une semaine plus tard, une avance en quelque sorte. Elle n'était pas du tout d'accord. Arguant du fait qu'elle avait toujours payé à la

livraison, elle n'admettait pas cette modification de procédure. Elle s'apprêtait donc à changer de fournisseur. Elle vous l'avait fait savoir par un courriel daté du 20 juillet. La perte de sa clientèle générait, pour vous, un manque à gagner important. De plus, on n'est jamais sûr d'un client qui vous lâche. Il pourrait devenir un dangereux auxiliaire de la police, un indic pour le dire dans votre langage. Ce contentieux ne devait-il pas se solder inévitablement par la disparition de la cliente ?

Les deux hommes réagirent à cette question. Sans y répondre, ils se levèrent d'un bond. Les policiers ne furent pas trop de trois pour les maîtriser.

– Des témoins vous ont vus et entendus passer à grand bruit sous leurs fenêtres, sur vos motos au moment du drame. Les caméras placées à chaque bout de la rue vous ont filmés. Vous êtes déjà sous le coup d'une mise en examen avec placement en détention provisoire, pour trafic de stupéfiant. Avec une inculpation pour meurtre, on change de registre.

– Mais ce n'est pas vrai ! On n'a rien fait !

– Vous avez pourtant expliqué à nos collègues de la brigade des stupéfiants que vous aviez été obligés de modifier votre marché à cause de vos « chefs ».

– Oui, ça c'est vrai. Mais nous n'avons tué personne ! On veut notre avocat.

– Plus tard. Calmez-vous, s'il vous plaît !

– Mais c'est notre droit !

– Pour l'instant vous êtes entendus à titre de témoins, vous n'avez pas à demander le conseil d'un avocat.

– Un autre soupçon pèse sur vous deux. Vous n'ignorez pas

que le père de Mlle De Fontenelle occupe, à la mairie de Lorient, le poste de premier adjoint. Il a le pouvoir de vous faire tomber comme, pensiez-vous, celui de vous laisser faire prospérer tranquillement votre petit commerce. M. De Fontenelle a reçu des lettres de menace. Il nous les a montrées, certaines étaient en rapport avec cette affaire de stupéfiants. Comme il refusait de se soumettre à vos dictats, vous auriez pu décider de mettre à exécution votre menace en tuant sa fille.

– Lieutenant, je ne vous permets pas. Nous ne mélangeons pas les torchons et les serviettes.

Pascal, décidément, avait du mal à se contenir.

– Qui sont donc les torchons ? Qui sont les serviettes ? décidément vous donnez toujours dans le concept recherché !

Du regard, Gildas demanda à son lieutenant de ne pas insister. Il y avait encore beaucoup à faire. Eliot reprit la parole pour demander assez brutalement :

– M. Jegouzot, avez-vous tué Mlle De Fontenelle ?

– Evidemment non.

– M. Kerner, je vous pose la même question : avez-vous tué Mlle De Fontenelle ?

– Je vous fais la même réponse. Remarquez que cela vous aurait donné une bonne raison pour nous maintenir en prison alors que, pour l'instant, nous sommes les victimes d'une erreur judiciaire.

Accompagnant son propos d'un geste obscène, le délinquant partit d'un grand éclat de rire, immédiatement imité par son collègue. Cela provoqua une tension supplémentaire.

– Bon, nous prenons note de votre déposition. Je vous demanderai de la relire et de la signer.

Ce premier entretien s'était plutôt bien passé. Les policiers n'en attendaient pas grand-chose. C'était, d'une certaine façon, le plus facile pour Gildas et son équipe, un genre de tour de chauffe.

Depuis qu'il était à Lorient, le capitaine s'était occupé de plusieurs affaires de stupéfiants. Il avait d'ailleurs déjà croisé les deux mis en cause. Ces affaires se ressemblaient toutes : les délinquants avaient tous le même profil, alors que les clients, eux, se trouvaient dans toutes les couches de la société. L'objectif était toujours de trouver les têtes pensantes. Mais cela relevait de la brigade des stupéfiants basée à Rennes. Le travail du capitaine Le Doussal consistait à faire avouer leur degré de participation aux délinquants et leur signifier leur garde à vue. Ensuite, les policiers spécialisés s'occupaient de les interroger afin de remonter jusqu'au plus haut niveau du trafic. Aujourd'hui, les charges qui pesaient sur les deux dealers se situaient dans un autre registre. Le monde de la drogue ne s'encombre pas de sentiments. Les deux hommes furent placés chacun dans une cellule du commissariat en attendant de rejoindre la prison.

À l'issue de cette matinée finalement de routine, les policiers voulaient rester concentrés. Personne ne souhaitait quitter le lieu. Une fois encore, réunis dans l'Antre de Pol, ils commandèrent des pizzas. Les policiers mangèrent en silence. Seul le café, assorti du traditionnel carré de chocolat, détendit l'atmosphère.

Chapitre 20

Quand les témoins furent installés dans la salle d'attente, Gildas prit la parole :
– Bonjour à vous tous. Pour ceux qui ne me connaissent pas encore, je suis le capitaine Gildas Le Doussal. Je suis en charge de l'enquête sur la disparition tragique de Mlle Nolwenn De Fontenelle. Mon équipe est composée des lieutenants Pascal Le Bot, Eliot Duchemin, Gwendal Bellec, du capitaine Pol Kermarrec – qui, pour des raisons logistiques, n'est pas présent à cette réunion – et du commandant Fabienne De Kersabiec, médecin légiste. Le gardien de la paix Guillaume Dubreuil nous assiste dans la logistique.

Je vous ai réunis ici, d'une part, pour vous communiquer les avancées de cette enquête et, d'autre part, pour finaliser avec chacun d'entre vous la déposition que vous nous avez faite. Vous êtes tous, à des degrés divers, concernés par ce tragique évènement : Mlle De Fontenelle était, pour certains, une collègue de travail, pour d'autres une amie d'enfance. Je pense que vous tenez tous à ce que la lumière soit faite, afin de pouvoir rendre justice à Nolwenn.

C'est à titre de témoins que je vous ai demandé de venir et c'est par commodité horaire que je vous ai tous convoqués en même temps : je n'aurai pas à répéter à chacun d'entre vous le récit de l'affaire, ce qui prendrait beaucoup de temps. Néanmoins il est d'usage de vous entendre séparément afin de préciser quelques détails qui nous auraient échappé ou de nous fournir des éléments qui vous reviendraient. Donc nous avons préparé une salle d'audition pour chacun de vous. Ce système sera favorable à la rigueur du témoignage mais aura l'inconvénient de devoir vous faire attendre. Nos locaux ne sont pas extensibles, notre effectif non plus. Par avance, nous vous prions de nous en excuser. Dans chaque salle, vous pourrez vous servir à volonté du thé, du café, du jus de fruit, de l'eau.

Je vous rappelle les faits : Mlle Nolwenn De Fontenelle a été retrouvée sans vie mardi matin à son domicile. L'homicide ne fait aucun doute : elle a été étranglée la veille au soir à l'aide d'un cordon métallique contenant du tungstène et de l'or, matériaux dont nous savons qu'ils sont utilisés, d'une part, pour fabriquer un type rare de corde de violon appelée chanterelle, et, d'autre part, des toiles d'araignées et des câbles destinés à faire évoluer des créatures fictives ou réelles, dans le train fantôme. Le tungstène possède encore de multiples applications. Je vous fais grâce de la longue liste de son utilisation. Il est évident que n'importe qui peut se procurer une corde de violon ou un micro câble sur Internet.

La victime est morte lundi soir aux alentours de vingt-deux heures. Nous avons interrogé la concierge et des habitants de l'immeuble où demeurait Mlle De Fontenelle pendant l'été. A cette heure là, les véhicules de certains d'entre vous ont été repérés à proximité de la scène de crime. Les témoignages ont été confirmés par les enregistrements des caméras de surveillance disposées à trois endroits de la rue. Nous avons également recueilli les déclarations des musiciens de l'orchestre et celles des acteurs de la fête foraine qu'elle avait l'habitude de fréquenter. Les récits plutôt fournis, complétés par les clichés affichés dans l'appartement de la victime, nous apportent une idée assez précise de la vie sociale de la jeune femme depuis son enfance.

Mlle De Fontenelle avait reçu une menace de mort en forme de poème, que nous avons retrouvée dans son ordinateur. Pensant à une mauvaise blague, elle n'avait pas jugé utile de prévenir la police. Ce courrier était arrivé quelques jours avant sa mort. Je vous le projette sur l'écran situé à gauche de la fenêtre. Permettez-moi de vous le lire :

Chante, chanterelle
C'est bien toi la plus belle
Quand tu n'es plus là
Le violon chante un la.

Triste est la musique
Triste est le violon
Sans sa chanterelle
Il n'a plus de musique.

Chante chanterelle
C'est toi la plus cruelle
Le violon vit par elle
Par elle, tu périras.

Chacun resta sans voix en écoutant ce récit. Tous les policiers guettaient les réactions sur les visages. Certains étaient sidérés, d'autres ne comprenaient pas. Plus un bruit ne perçait dans la salle habituellement bourdonnante du commissariat. On sentait comme un moment en suspension.

Gildas laissa passer un peu de temps. Il ne voulait pas casser la magie de l'instant : parfois des aveux émergent sans crier gare, dans ces moments d'exception.

Maintenant que je vous ai résumé la situation, je vous demanderai de rejoindre la salle sur laquelle est inscrit votre nom. Un lieutenant vous y attend. Il vous demandera de préciser quelques détails, ce qui permettrait, éventuellement, de fermer des pistes. Il ne faudra pas oublier de signer votre déposition. Par avance, je vous remercie de votre coopération.

Gildas entra tout d'abord dans la pièce marquée du nom de Kevin, le propriétaire du train fantôme. Avec lui, le capitaine s'attendait à un autre exercice que celui du matin. Les forains ne raisonnent pas comme les marchands de mort, mais pas forcément non plus comme les délinquants ordinaires. Ils s'appuient beaucoup sur leur communauté et leur sens de l'honneur.

Pascal Le Bot était chargé de recueillir le témoignage du forain. Il semblait à Gildas qu'il était le plus à même de faire parler celui qui, la veille, s'appuyant sur sa communauté toute entière, l'avait mis en difficulté. C'était finalement un juste retour des choses, qui permettrait de rappeler l'autorité de la police.

Après un temps de silence destiné à souligner l'importance du moment, le lieutenant lança l'entretien.

– M. Debord, vous étiez en dette avec Mlle De Fontenelle. Au nom de votre vieille amitié, elle vous avait prêté de

l'argent pour payer des dettes de jeu. Elle avait précisé que ce n'était pas un don, vous deviez le lui rendre.
– Oui, mais il s'agissait d'une toute petite somme.
– Ce n'est pas ce qu'elle laissait entendre. Les échanges de courriel qu'elle a laissés dans son ordinateur sont éloquents.

« Je veux bien te dépanner encore une fois, Kevin, mais ne prends pas cela pour un solde de tout compte. Tu me dois 3 000 euros que tu me rembourseras jusqu'au dernier centime. »

– Trois mille euros, ce n'est pas ce que j'appelle une petite somme, M. Debord.
– Ben, ça dépend !
– Comme vous dites, « ça dépend ». Peut-être n'avons-nous pas la même échelle de valeur. Je continue. Pour cela elle avait établi un échéancier que vous avez cessé de respecter dès la troisième mensualité. Les comptes qu'elle tenait dans son ordinateur, nous permettent d'être très précis sur ce sujet. Mlle De Fontenelle n'était pas femme à se laisser faire. Elle vous réclamait son dû haut et fort. Or, non seulement vous n'étiez pas en mesure d'honorer votre engagement, mais vous aviez de nouveau perdu de très fortes sommes au poker.
– Oui, je comptais me refaire pour la rembourser en une fois.
– L'examen de vos comptes révèle que vous avez réalisé de belles affaires. Pourquoi ne pas avoir soldé votre différent à ce moment-là ?
– C'est que je devais de l'argent à d'autres que Nolwenn. Ceux-là ne plaisantaient pas avec les affaires.

– Donc Nolwenn pouvait attendre, elle n'était pas dangereuse, c'est cela ?
– C'est-à-dire que c'était une vieille copine, une fille en plus.
– Ah, je vois ! pour ces raisons, elle pouvait vraiment attendre. Peut-être même que, le temps passant, elle aurait effacé la dette.
– C'est un peu ça, oui.
– Vous avez tout essayé si je comprends bien !
– Eh bien oui ! Ce n'est pas avec ce que me rapporte mon train fantôme que je pouvais gagner de quoi la rembourser. J'ai rejoué au poker, mais j'ai encore perdu. Donc, non seulement je ne pouvais pas lui rendre les trois mille euros, mais j'avais doublé ma dette. J'étais très déprimé. Or elle ne cessait de m'appeler, de m'envoyer des SMS et des mails.
– On peut dire qu'elle vous harcelait.
– Exactement, Capitaine.
– Lieutenant.
– Exactement, Lieutenant. Elle me harcelait ! J'étais victime de harcèlement et vous me traitez en coupable. Je veux mon avocat !
– Pour l'instant personne ne vous accuse de quoi que ce soit. Nous essayons de comprendre. Donc vous êtes angoissé par une dette de six mille euros. Vous avez promis à une femme de lui rembourser les trois mille euros qu'elle vous a prêtés et c'est pour honorer cette dette que vous avez risqué un tel engagement. Vous lui expliquez probablement ce qui se passe. Cette dame, sans cœur, au lieu de vous aider, ose vous réclamer son dû ! Pire, elle vous harcèle ! Comment se débarrasser d'un tel harcèlement ? Plus

de débiteur, plus de harceleuse, plus d'ennuis, n'est-ce pas enfin, moins d'ennuis !
– Non mais, vous êtes fou !
– Les câbles en matériau rare font partie de votre matériel professionnel. Un véhicule semblable au vôtre était garé à proximité du domicile de la victime à l'heure du crime.
– Ah, mais ce n'était pas ma voiture !
– Bon ! Admettons ! Vous aviez suffisamment discuté avec Mlle De Fontenelle pour savoir ce qu'était une chanterelle. La menace par le poème pouvait s'interpréter comme un moyen de détourner les soupçons. D'ailleurs que faisiez-vous au cybercafé, jeudi à dix-huit heures ?
– Jeudi à dix-huit heures ? J'étais à mon travail.
– En êtes-vous bien sûr ? Les caméras de surveillance de l'établissement vous ont filmé. On comprend, à l'image, que vous tentiez de vous dissimuler, mais vous êtes parfaitement reconnaissable.
– Je vous assure que vous vous trompez.
– Voulez-vous que je vous montre le film ?
– Non, en fait, j'avais oublié. Mon ordinateur était en panne, je devais envoyer en urgence un mail aux services fiscaux.
– Ah je vois ! Donc vous n'aurez aucun mal à nous fournir le double de ce message.
– C'est que je n'ai pas réussi. J'ai dû abandonner mon envoi.
– Ah ! ce n'est vraiment pas de chance ! vous rendez-vous compte que cela vous met dans une situation difficile.
– Vous n'allez pas me coffrer pour un mail que je n'ai même pas réussi à envoyer.
– C'est surtout que nous avons un peu de mal à vous croire. Autre chose. Vous avez des cordons en tungstène à votre

disposition.
– Oui.
– Nolwenn vous avait souvent parlé de sa chanterelle, c'est vous-même qui me l'avez dit lorsque je suis allé vous voir hier matin.
– Oui, c'est vrai.
– Vous ne trouvez pas que ça commence à faire beaucoup : la chanterelle, votre présence au cybercafé, la dette importante que vous avez envers la victime et que vous êtes dans l'impossibilité d'honorer, et le fait que vous disposez du matériau qui a servi à la tuer ?
Le jeune homme resta un moment sans parler. Il comprenait qu'il lui serait difficile de se sortir de cette situation.
– C'est sûr, Lieutenant ! je m'énerve un peu vite, c'est mon grand défaut, mais jamais je n'aurais touché un cheveu de Nolwenn. Nous nous connaissions depuis l'école maternelle. Chez nous, les forains, l'amitié, c'est sacré !
– L'amitié existe-t-elle encore quand le contentieux est si important ? demanda insidieusement Gildas.
– Vous dépassez les bornes ! hurla le forain en se levant vivement.
– Asseyez-vous, M. Debord. Il ne sert à rien de s'énerver.
Le jeune homme ne se calmait pas du tout. Il était au bord de la crise de nerfs. Il devenait difficile de le contenir. Il fallut le neutraliser puis le faire sortir. Quand il fut calmé et rentré dans la salle d'audition, Pascal lui signifia sa garde à vue :
– Monsieur, compte tenu des éléments dont nous disposons, je vous place en garde à vue. Vous pouvez appeler votre avocat, demander la présence d'un médecin.

– Vous souhaitez vous venger, hein ! vous avez la force de la police avec vous, mais vous ne perdez rien pour attendre.
– Vous aggravez votre cas avec outrage et menace à un officier de police judiciaire. Ce n'est pas une bonne idée.

Sentant qu'effectivement il ne fallait pas insister, le jeune homme signa sa déposition de très mauvaise grâce et quitta la salle, encadré par deux policiers.

Gildas sortit à son tour. Il était perplexe. Heureusement que tout avait été enregistré. Il pourrait toujours revenir sur cette séance. Le temps de boire un grand verre d'eau et il rejoignit la salle où l'attendaient Eliot et Diego Saolo.

Gildas s'assit dans un coin de la pièce, laissant faire son adjoint. Gwendal se joignit discrètement à lui pendant que Pascal se remettait de ses émotions.

– M. Saolo, vous connaissiez Mlle De Fontenelle depuis l'enfance, et, au fil du temps, cette amitié s'était transformée. Vous étiez tombé amoureux de Mlle De Fontenelle.
– Complètement, oui.
– Après une courte histoire, elle a refusé vos avances. Apparemment vous avez mis fin à cette aventure d'un commun accord. Vos chemins se séparaient là, vous restiez bons amis. Mais vous avez mal supporté de la voir avec un autre.
– Lieutenant, mettez-vous à ma place : l'auriez-vous supporté, vous, sans rien ressentir, sans rien dire ?
– Il n'est pas question de moi, ici. Des témoins rapportent, et vous l'avez dit vous-même, que, le jour du drame qui nous occupe, vous vous êtes disputés assez violemment. Peut-on connaître l'objet de cette brouille ?
– Je désirais qu'elle vienne boire un verre à la caravane.

Mais elle avait d'autres projets. Je pense qu'elle voulait surtout ne plus se retrouver seule avec moi. J'ai un peu insisté et elle m'a renvoyé avec des mots blessants comme elle savait si bien faire. Quand Nolwenn avait décidé quelque chose, lorsqu'elle n'était pas d'accord, elle savait se montrer presque cruelle.
– Ce soir-là, vous avez guetté son retour de la répétition. Votre voiture a été signalée par plusieurs témoins, à proximité de l'immeuble de Mlle De Fontenelle, au moment du crime. Vous avez prétendu que vous étiez passé la voir pour vous réconcilier de cette stupide dispute.
– Exactement. J'ai pensé que j'avais été complètement idiot, que cette dispute allait gâcher une relation d'amitié, très ancienne celle-là. Je me suis donc rendu à son domicile.
– Elle ne vous aurait pas ouvert la porte.
– C'est encore vrai. Elle ne m'a pas ouvert la porte. J'ai pensé qu'elle était vraiment très fâchée, qu'il fallait peut-être attendre un jour ou deux pour lui présenter mes excuses.
– Ne serait-ce pas plutôt que vous l'auriez tuée dans un élan de désespoir ? Vous êtes un romantique, M. Saolo. Utiliser la chanterelle ou « corde sensible » pour donner la mort à votre amie, donnait à votre geste une charge symbolique forte.

À ces mots le jeune homme se sentit mal. Il quitta la pièce au bras de Fabienne qui dut l'allonger et lui administrer un calmant. Les policiers attendirent un moment avant de voir revenir le jeune homme, au bord des larmes.
– Quelque chose à ajouter M. Saolo ?
– Non, excusez-moi, je suis encore sous le choc de cette terrible histoire.

Les policiers s'étaient consultés du regard. Ce forain leur paraissait sincère. Si jamais il était responsable de la mort de Nolwenn, il leur serait plus utile dehors que dedans.
– Alors, je vous demanderai de bien vouloir signer votre déposition. Ne quittez pas Lorient avant la fin de l'enquête et je compte sur vous pour rester à la disposition de la police.
– Vous pourrez toujours me trouver à ma caravane ou à mon manège. Je suis le premier à vouloir mettre hors de nuire celui qui a tué Nolwenn.
– Au revoir Monsieur Saolo.
– Au revoir, Messieurs.

Après ces deux entretiens, les policiers ne savaient plus que penser. Quelle part de feinte dans ces comportements excessifs ? Quelle part de vérité, également ? Gildas se gardait bien d'interpréter ces attitudes. Il ne pourrait proposer une analyse objective qu'à la lueur de tous les entretiens. Il n'était pas optimiste : plus la séance avançait, moins il entrevoyait la fin de l'enquête. La clôturerait-il avant demain ?

Le capitaine prit le temps d'une nouvelle pause dans le couloir avant de pousser la porte sur laquelle était inscrit le nom du violoniste. C'est lui qui mènerait l'audition du musicien. Il lui fallait calculer son approche, ajuster son interrogatoire, à la taille supposée de son interlocuteur. Il consulta ses notes avant de rentrer dans la salle.

Jules Bérard était très impliqué dans cette affaire : son dossier contenait de nombreuses zones d'ombre et tout l'accusait. Gildas voulait croire en son innocence. Mais, il le savait, pour ne pas tomber dans le piège tendu par la conviction – voire par le sentiment – qu'ils soient à charge ou à décharge, il devait absolument se concentrer sur les faits. C'est pourquoi, il avait demandé à Eliot et à Pascal d'assister à cet entretien avec lui, même s'ils n'intervenaient pas. C'était une question d'objectivité. Il avait invité Gwendal, mais celui-ci avait objecté qu'il ne fallait pas effrayer le jeune homme avec le nombre. Il suivrait depuis l'Antre.

– Monsieur Bérard : je ne vous cache pas que vous êtes en position difficile. Les charges qui pèsent sur vous sont lourdes. Nolwenn De Fontenelle, violoniste de talent, à peine âgée d'une vingtaine d'années avait pris, cette année, la place que vous occupiez depuis dix ans à l'orchestre symphonique du festival Interceltique de Lorient. Vous, le super soliste de l'Orchestre National de France, vous retrouviez rétrogradé comme simple violoniste de rang.

– En effet. Mais c'est une façon de présenter les choses, donc déjà d'interpréter un fait qui, lui, est incontestable.

Jules avait raison. En disant cela le policier présentait ce fait comme un mobile. Le musicien avait déstabilisé le policier.

La respiration plus courte, Gildas reprit le cours d'un interrogatoire à peine commencé.

– D'autre part, vous nous avez expliqué qu'elle avait perdu des partitions précieuses appartenant à l'Orchestre National de France, ce qui vous avait mis en porte-à-faux vis-à-vis de votre employeur. La désinvolture avec laquelle elle avait pris la chose vous avait profondément contrarié. Elle s'était comportée, je cite : en « sale gosse de riche ».

– C'est tout à fait exact. Les partitions n'ont jamais été retrouvées, j'ai dû rembourser l'Orchestre. Comme il s'agissait de documents rares, non seulement ces documents m'ont coûté très cher, mais encore j'ai passé beaucoup de temps à les chercher.

– Il a été établi que la victime avait été étranglée à l'aide d'un cordon fait d'un alliage de tungstène et d'or. Il y a tout lieu de penser qu'il s'agit d'une corde de violon appelée « chanterelle ». Or vous êtes le seul musicien de l'orchestre du festival à utiliser ce type de cordes. Lors de la perquisition que nous avons effectuée dans les loges, cette corde manquait à votre réserve. Vous nous avez déclaré que vous aviez changé cette corde juste avant la répétition. Vous vous étiez donc débarrassé de celle qui ne pouvait plus servir. Or nous n'en avons trouvé aucune trace dans la poubelle que vous nous avez désignée.

D'autre part, des témoins ont vu votre véhicule stationné à proximité de l'immeuble de Mlle De Fontenelle au moment du crime. Ces témoignages ont été corroborés par les films des caméras de surveillance. Votre véhicule de location est parfaitement identifiable. L'explication que vous nous avez fournie pour cette situation est invérifiable.

– Hélas ! Croyez bien que j'en suis le premier désespéré. Si j'avais su…

– Enfin, vous vous trouviez dans le cybercafé d'où a été envoyé le poème. Les caméras de surveillance de l'établissement ont révélé votre présence exactement à l'heure à laquelle le courriel a été envoyé à Mlle De Fontenelle. Est-ce vous M. Bérard qui avez écrit et envoyé ce texte à Mlle De Fontenelle ?

– Evidemment, non. Je vous ai donné la raison de ma pré-

sence dans le cybercafé.
– Là encore, votre alibi est incontrôlable, M. Bérard.
– Les caméras ont peut-être montré le texte du courrier que j'écrivais.
– Hélas pour vous, on ne peut filmer les textes rédigés par les clients ; c'est la limite autorisée de l'action de la vidéosurveillance. Vous ne l'ignorez pas : le gérant de l'établissement vous a fait signer le règlement intérieur, comme à chacun de ses clients. Je vous le répète, les charges qui pèsent sur vous sont très lourdes.
– Capitaine, je comprends vos soupçons et je vois que je me trouve dans une situation délicate. Pourtant je peux vous jurer sur l'honneur que je n'ai rien à voir dans cette histoire. Mon déclassement à l'orchestre a provoqué chez moi, un mouvement d'humeur plus à cause de la méthode – fille à papa – que dans l'action elle-même. Au fond, me retrouver dans le rang me déchargeait de certaines responsabilités. Je pouvais me recentrer sur ma famille. Quant à tuer pour quelques partitions, même importantes, vous avouerez que le mobile est bien mince ! Si vous persistez dans votre accusation, je me verrai dansl'obligation de demander le conseil de mon avocat.
– Ce serait peut-être une bonne idée. En effet j'ai assez d'éléments pour demander votre mise en examen. Pourtant je ne vous place pas encore en garde à vue car l'orchestre a plus que jamais besoin de vous. Pour l'instant, je table sur la confiance. Je vous demanderai de ne pas quitter la région de Lorient jusqu'à la fin de l'enquête et de rester à la disposition de la police.
– Capitaine, je vous ferai remarquer que je suis là, au moins

jusqu'à la fin du festival. J'assurerai mon service à l'orchestre jusqu'au dernier jour, vous avez ma parole.
– En attendant la fin des entretiens, je suis dans l'obligation de vous garder dans nos murs.

Jules sortit de la pièce lui aussi, encadré par deux agents. Il attendrait dans la salle d'attente. Il n'était pas en garde à vue mais cela y ressemblait beaucoup.

Gildas était très impressionné par l'attitude de Jules Bérard. Celui-ci n'avait pas nié les circonstances qui l'avaient mené jusque là. On le sentait tranquille. Mais le policier le savait, les pires criminels ont parfois cette attitude sereine. Il lui était pourtant difficile de poser directement la question de son implication directe dans la mort de sa jeune collègue. Il ne perd rien pour attendre, se dit le policier. En cas de besoin, je saurai le retrouver.

Il lui restait à interroger Marie, la harpiste. Il redoutait cet entretien. La jeune fille était fragile. Il la savait malade. Comment allait-elle réagir ? Même s'il n'avait pas grand-chose à lui reprocher, il se méfiait de sa réaction. Il jeta un coup d'œil vers la porte : Fabienne était là, prête à agir en cas de besoin. Il lui demanda d'assister à l'audition de la jeune harpiste. Gwendal se tenait à côté de la fenêtre, avec son air bonhomme. Eliot et Pascal se battaient avec la machine à café à l'étage inférieur. Ils viendraient plus tard.
– Mlle Le Goff, nous n'avons qu'une question à vous poser. Après vous signerez votre déposition et vous pourrez partir. Vous étiez la meilleure amie de Mlle De Fontenelle. Vous vous connaissiez depuis l'enfance. Vous aviez fréquenté les mêmes écoles, fait les mêmes études. Un témoin rapporte

pourtant, que vous vous êtes disputée violemment avec la victime le soir de sa mort. Il était question d'un homme. Mlle De Fontenelle vous expliquait avec un cynisme terrible, m'a-t-on dit, que si votre travail vous avait apporté une certaine aisance, voire même quelque notoriété, votre origine sociale ne vous laissait aucune chance d'attirer l'affection de cet homme. Nous devons contacter ce témoin capital. De qui s'agissait-il ?

D'une voix très douce, tranquille, la jeune fille répondit :

– Capitaine, permettez-moi de ne pas répondre à cette question.

– C'est dommage, Mlle Le Goff. Pourquoi refusez-vous de nous donner le nom de cet homme qui semblait être l'objet d'une querelle importante entre vous deux ?

– Avec Nolwenn, tout devenait compétition et elle avait établi en principe de ne jamais perdre. Il s'agissait d'un nouveau défi.

– Si vous pensez que ce n'est pas important, c'est une raison supplémentaire pour nous donner le nom de cet homme. S'il n'a rien à voir dans notre affaire, il ne sera pas inquiété, vous avez ma parole.

– Je n'ai rien à vous dire.

Elle avait craché cette réponse dans un flot de colère. Elle hurlait. Tout à coup, la jeune fille timide, réservée, laissait la place à une femme rebelle, agressive qui avait toutes les peines du monde à contenir sa colère. Les lieutenants étaient venus voir ce qui se passait et tous assistaient médusés, à la métamorphose.

Fabienne, encore elle, réussit à la calmer.

– Calmez-vous Marie, nous avons besoin de savoir qui a

tué votre amie et pourquoi. Il se trouve que vous avez eu toutes les deux un différent le soir de ce dramatique événement. Nous commençons à avoir une idée plus précise du déroulement de la soirée tragique au cours de laquelle votre amie a perdu la vie. Pourtant, nous ne pouvons négliger aucune piste. Chaque fait, chaque observation, même anodine, peut être utile à la manifestation de la vérité. Si vous ne voulez pas nous dire qui est cet homme, vous pouvez peut-être nous expliquer pourquoi vous refusez de le nommer. Serait-ce, par exemple, pour le protéger ? Ou, peut-être, pour protéger la mémoire de votre amie ? Nous sommes persuadés que, comme nous, vous souhaitez voir puni celui qui a tué votre amie.

Marie s'était calmée, elle ne disait plus rien. Après un long moment de silence, d'une voix d'outre-tombe, elle dit:
– Je sais qui a tué Nolwenn. Je vais vous le dire, mais, sil vous plaît, laissez-moi parler sans m'interrompre.

Toute l'équipe était à l'écoute du récit de la jeune femme. La tension, dans la salle, était palpable.
– Comme j'ai eu l'occasion de l'exposer au Capitaine Le Doussal, j'ai rencontré, dans la vie, des difficultés immenses, décourageantes, parfois même presque insurmontables. Je pense ne rien vous apprendre en vous disant que je dois mon métier et mon statut d'aujourd'hui principalement à mon travail et au soutien moral autant que pécuniaire de ma mère. Enfant, je ne mesurais pas les différences sociales. Avec ma mère, ni riches ni pauvres, nous avions une vie ordinaire. Comme tout le monde, nous fréquentions aussi bien la plage que les lieux culturels ou de loisir. L'été, nous partions en vacances en camping. J'étais à l'école

communale de mon quartier. Je m'y étais fait une amie, Nolwenn. Ses parents étaient très aisés, elle bénéficiait d'un confort et d'une liberté dont je ne pouvais même pas rêver. Pourtant nous nous entendions bien. Elle aurait aimé passer, disait-elle parfois, ne serait-ce que quelques jours, dans un camping, au lieu de circuler d'hôtel en palace, dans les contrées lointaines. A l'époque, je ne comprenais pas très bien ce qu'elle voulait dire : partir en camping me semblait si facile ! Dans notre classe, se trouvaient aussi ceux que l'on appelait « les enfants du voyage ». Lorsque leurs parents posaient leurs manèges à Lorient, ils étaient scolarisés dans notre école. Sans être pauvres, ils n'évoluaient pas non plus dans le monde des riches. De plus, on sentait qu'ils étaient culturellement différents. Pourtant, dès qu'ils arrivaient, c'était la fête entre nous tous. Nous les retrouvions sur les manèges. En dehors de l'école et de la fête foraine, nous avions chacun notre vie. Personne ne méprisait personne. Nous étions aussi chacun chez soi. Je n'ai jamais été invitée chez Nolwenn, ni d'ailleurs, chez Diego, ou chez Kevin.

Lorsque je suis arrivée à Paris, j'ai dû trouver une place de jeune fille au pair pour payer mes études. Le travail n'était pas désagréable, mais il était épuisant. Nolwenn, elle, se contentait de travailler son violon. Dès qu'elle s'était retrouvée à Paris, dans le monde des musiciens, elle m'avait tout simplement ignorée. De toute façon, je ne pouvais pas la suivre, elle et sa bande d'amis : je n'en avais ni le temps ni les moyens. Pendant qu'elle fêtait ses succès, qu'elle se consolait de ses échecs, je m'occupais des tables de multiplication du petit dernier, des gammes du jeune violoncelliste et de la mise en route du repas du soir. Elle me disait que je faisais plus la soupe que la fête. C'était vrai. J'étais son amie, pourtant, jamais, je n'ai été invitée dans son superbe appartement des Buttes-Chaumont, je n'étais pas assez bien pour elle, nous n'étions pas du même milieu. Je pense que j'incarnais un passé peu en rapport avec son présent. Je lui faisais un peu honte, comme lui faisait honte tout ce qui lui rappelait la Bretagne, « ce pays de Ploucs » comme elle disait. A ce moment j'ai compris que rien ne serait plus jamais comme avant. Si je voulais survivre à cette déception, je devais m'aligner sur son défi. C'est alors que j'ai travaillé avec un acharnement douloureux, totalement dans la démesure, avec une seule idée : faire autant, et si possible mieux, que Nolwenn. Je ne pouvais pas atteindre son train de vie, j'essaierai de l'égaler, qui sait même de la battre, sur le terrain de la musique. Je travaillais pour étudier et je travaillais pour payer mes études. Le travail était devenu ma drogue, tout le reste me semblait sans importance. Nolwenn était devenue une étrangère, mais ma propre vie m'était devenue aussi presque étrangère.

Lorsque j'ai décroché mon prix au Conservatoire Supérieur de Paris, une épreuve lui restait à repasser. Elle en fut profondément vexée. Elle aurait largement pu faire la même chose que moi, mais elle avait préféré, comme elle disait, décompresser de temps en temps. J'ai pensé, à ce moment-là, que j'avais gagné, que nous allions faire la paix. Cela l'a, bien au contraire, rendue très agressive. Elle n'a eu pour moi que mépris et insolence, soulignant devant ses amis et les miens que je ne possédais même pas de harpe personnelle. Certains étaient choqués par ce discours. Mais pour être en cours chez Mlle De Fontenelle, mieux valait parler comme elle.

Quand elle a raconté que je n'avais pas plus de père que de harpe, j'ai compris alors que non seulement nous ne serions plus amies, mais qu'elle était devenue mon ennemie.

Les policiers, déconcertés, écoutaient la jeune femme sans l'interrompre. Elle semblait comme installée dans un autre univers. Elle continua sans mesurer le trouble qu'elle provoquait.

– Ma mère a dû vous le dire, je souffre d'une maladie rare qui m'oblige à faire chaque mois une transfusion sanguine. Il se trouve que mon groupe sanguin est, lui aussi, très rare. A Paris, je n'ai aucun problème d'approvisionnement. Les personnes inscrites dans ce groupe ne sont pas légion, mais il y en a tout de même un certain nombre. J'avais appris, au cours de mes passages au centre français du sang que le groupe sanguin était héréditaire. Comme ce facteur rhésus n'était pas celui de ma mère, avec un peu de patience, il me conduirait peut-être à mon père. Je suis née à Reims. La probabilité pour que mon père soit dans la région de Lorient approchait de zéro, mais, peut-être à Paris... C'est l'énergie du désespoir qui me faisait espérer. Dès que c'était possible, je rentrais de Paris. Je devais alors me rendre au centre français du sang de Lorient où l'on me connaît depuis l'enfance. Là, c'était plus compliqué pour l'équipe car seules deux ou trois personnes à Lorient sont compatibles. Il aura fallu du temps, beaucoup de temps, mais grâce à quelques ruses, beaucoup de patience, et, je dois le dire, une chance incommensurable, j'ai pu repérer celui qui cachait ce miracle dans ses veines. Il vivait dans le Morbihan.

Gildas, impatient de connaître ce qu'il pressentait comme étant une clé capitale de son enquête, tenta de presser un peu Marie.

– Je répète ma question, Mlle Le Goff : quel est le nom de l'homme pour lequel vous vous disputiez avec Mlle De Fontenelle quelques heures avant sa mort ? A-t-il quelque chose à voir avec notre affaire ?

C'est très calmement que Marie releva la question du policier.

– Eh bien voilà Capitaine, j'y viens ! Contrairement aux apparences, ce n'est pas l'affection d'un fiancé que nous nous disputions Nolwenn et moi, l'autre soir. Après les laborieuses investigations dont je viens de vous parler, j'ai fini par comprendre que mon père était M. De Fontenelle, le père de Nolwenn. Lorsque j'ai su cela sans doute possible, j'ai été subitement habitée par une rage que je n'arrivais pas à faire sortir de moi. J'étais comme envoûtée. Comment cet homme si élégant, présenté comme un garant de la morale publique, avait-il pu m'abandonner, nous abandonner, ma mère et moi, quand il faisait mener grande vie à celle qui, finalement, était ma sœur ? Il était très étrange que nous nous soyons retrouvés tous dans la même ville. Comment pouvait-il ignorer notre présence ? Nous habitions tellement près de chez lui que nous étions dans le même périmètre scolaire. Etait-il possible qu'il ignorât également que l'amie de sa fille était, en réalité, sa fille naturelle ? Pourquoi ma mère ne m'avait-elle jamais révélé l'identité de mon père ? Je dois dire, à sa décharge, que chaque fois qu'elle avait essayé d'aborder le sujet, j'avais détourné la conversation. Je préférais me réfugier derrière l'ignorance. Nous étions heureuses ainsi toutes les deux. Il ne fallait pas risquer de briser ce fragile équilibre en réveillant de douloureux souvenirs.

Quand j'ai compris que Nolwenn était ma demi-sœur j'ai décidé d'aller parler à « mon père ». Je lui ai téléphoné et il m'a reçue immédiatement. Je lui ai raconté tout ce que je viens de vous dire. Il m'a écouté sans dire un mot. A la fin de mon monologue, il m'a simplement dit :

– Marie, tu as bien fait de venir me voir. Je dois faire le ménage dans ma vie. Je vais de ce pas parler avec Nolwenn. Justement je dois dîner chez elle ce soir.

– Mais M. De Fontenelle, Nolwenn est en répétition.

– Peu importe je l'attendrai chez elle.

Je suis retournée à la répétition. Après la séance, j'ai voulu discuter avec Nolwenn. Lorsqu'elle a su que nous avions le même père et que j'étais allée le lui révéler, elle est devenue hystérique, incontrôlable. Elle estimait que je n'avais pas le droit de dire une chose pareille « le destin est le destin, le passé doit rester dans le passé et toi aussi », disait-elle. J'étais moi-même très énervée. C'est la conversation dont mes collègues ont entendu quelques bribes.

– Que s'est-il passé après, Marie ?

– En sortant de sa loge, je me suis calmée. J'ai pensé que, en présence de M. De Fontenelle et grâce à ses explications, nous pourrions aborder les choses plus tranquillement. Je me suis donc invitée chez Nolwenn : un repas de famille, en quelque sorte. Lorsque je suis arrivée, la porte n'était pas complètement fermée, aucun son ne filtrait, le silence était inquiétant.

– Serait-ce donc M. De Fontenelle qui aurait tué sa propre fille ? J'ai du mal à y croire.
– Je vous ai demandé de ne pas m'interrompre, dit Marie avec humeur.
– Désolé, Melle Le Goff, mais à ce stade, nous devons faire une vérification.

Les policiers confièrent Marie à la garde de Guillaume et sortirent pour faire le point.
– M. De Fontenelle a-t-il évoqué cette visite avec le commissaire ? demanda Eliot.

Cette information, pourtant capitale, ne figurait pas dans le rapport que le patron de la brigade avait versé au dossier. Tout le monde connaissait les liens d'amitié qu'entretenait le commissaire avec le président du festival. C'est donc avec d'infinies précautions que Gildas téléphona au commissaire.
– Commissaire, vous suivez, je pense, cet entretien depuis l'Antre. Vous avez entendu que M. De Fontenelle s'était rendu chez sa fille quelques minutes avant sa mort avec l'intention de lui annoncer des choses qu'elle n'avait pas forcément envie d'entendre. J'imagine qu'il vous a relaté cet entretien. Sans doute, n'avez-vous pas eu le temps de terminer le rapport.
– Capitaine, lorsque j'ai demandé à M. De Fontenelle quand il avait vu sa fille pour la dernière fois, il était déjà sous l'effet du puissant sédatif administré par Fabienne.
– Je ne voudrais pas paraître désagréable, mais êtes-vous bien certain qu'il dormait ou pourrait-il y avoir un doute là-dessus ?
– Demandez à Fabienne, elle est près de vous. Il faut abso-

lument clarifier cet épisode.

Fabienne apporta son éclairage scientifique :

– Aucun homme, même aussi fort physiquement et mentalement que M. De Fontenelle, n'aurait résisté à la dose de calmant que je lui ai injectée ce jour-là.

– Donc il n'a pas répondu à la question car il ne l'a même pas entendue.

– Il n'y a aucun doute là-dessus, Commissaire. Il a juste prononcé deux mots avant de s'endormir, mais sa voix était trop étouffée pour que je puisse comprendre ce qu'il disait. Je n'ai pas pu non plus lui faire préciser pourquoi on n'avait pu le joindre quelques heures avant que je ne vienne lui annoncer la nouvelle. Il m'avait donné une explication très vague dès notre rencontre et avant même que je ne lui pose la question.

– Commandant, je vous remercie.

Gildas reprit la communication avec son chef de service.

– Devons-nous convoquer M. De Fontenelle aujourd'hui, Commissaire ?

– Etant donné la personnalité du témoin et son lien de parenté avec la victime, je ferai une entorse à la procédure, entorse que j'assume complètement, et je lui poserai cette question par téléphone. Même si j'ai du mal à y croire, nous ne pouvons écarter l'hypothèse que Pierre-Marie – je veux dire M. De Fontenelle – aurait tué sa fille, par exemple, accidentellement. En attendant la réponse, proposez une pause à Mlle Le Goff.

– Pouvez-vous demander également à M. De Fontenelle s'il est l'auteur du poème ?

– Gildas, je n'y crois pas une seule seconde, mais tu as raison, il ne faut rien négliger.

Gildas proposa donc à Marie le café préparé par Guillaume. Elle l'accepta finalement de bonne grâce.

Laissant la jeune fille à la surveillance de ses lieutenants et de Fabienne, Gildas rejoignit Pol dans l'Antre. Le patron s'était enfermé dans son bureau pour s'entretenir avec M. De Fontenelle. Les deux policiers étaient déstabilisés par la tournure que prenait cette affaire. C'est vrai que, dans un moment de tension extrême, on n'est pas à l'abri d'un accident. Mais si c'était le cas, pourquoi M. De Fontenelle, premier adjoint au maire, n'aurait-il pas appelé la police ? Il connaissait la procédure ! Savait-il que Marie viendrait après lui ? Si oui, aurait-il laissé accuser celle dont il venait de découvrir qu'elle était aussi sa fille ? Avait-il voulu laisser croire à un crime de voyou ? Très autoritaire, toujours sûr de lui, le notable n'était pas très aimé dans la ville. Pourtant on lui reconnaissait des qualités de droiture et de loyauté qui ne plaidaient pas en faveur de cette thèse. A vrai dire, pas plus que Marie, M. De Fontenelle n'avait le profil d'un tueur. Pour Gildas, les soupçons revenaient alors sur Jules, tandis que Pol penchait pour Kevin. Heureusement qu'on avait pris la précaution de garder tout le monde sous la main !

– Pour être vraiment objectifs, Pol, on ne peut pas écarter l'idée du crime de rôdeur.

– Peut-être, Gildas, mais rien ne semble avoir disparu de l'appartement. Pourtant il y avait là matière à un beau cambriolage. Nolwenn n'a pas non plus été sexuellement agressée, Fabienne est formelle.

Gildas et Pol en étaient là de leurs réflexions lorsque

le commissaire revint dans l'Antre. Il semblait soulagé, presque serein.
– Alors ? s'écrièrent ensemble les deux policiers.
– Les enfants, tout va bien. J'ai eu Pierre-Marie De Fontenelle longuement au téléphone. Il m'a confirmé qu'il était bien allé chez sa fille ce soir-là, elle l'avait invité à dîner. Ils avaient discuté de la filiation de Marie. De Fontenelle plaidait pour l'accueillir le plus vite possible dans la famille, dans sa famille, alors que Nolwenn combattait cette idée avec ses mots, avec ses armes, avec, je cite : « l'énergie d'un désespoir poignant ». Depuis la disparition de sa mère, la jeune fille sombrait parfois dans d'incontrôlables crises d'hystérie. Il n'y avait, m'a-t-il dit, rien à faire. Elle finissait toujours par se calmer. Il convenait alors de la laisser seule. Une présence pouvait déclencher une nouvelle crise. Donc lorsque sa fille s'est prostrée dans son fauteuil, lui, la mort dans l'âme, est reparti. Il devait attendre maintenant qu'elle lui téléphonât. Lorsqu'il a quitté l'appartement, sa fille était en état de choc, mais vivante. Il n'a pas fait attention au fait que la porte n'était pas fermée.
– Commissaire, est-il l'auteur du poème ?
– Non, évidemment. Je lui avais parlé de ce texte lorsque nous l'avions trouvé dans l'ordinateur de Nolwenn. Il l'avait alors qualifié de pauvre et triste, mais à aucun moment, il ne l'avait inquiété.

Avant de reprendre le cours de l'entretien avec Marie, Gildas communiqua ce supplément d'enquête à ses lieutenants afin qu'ils puissent le suivre, éventuellement même, intervenir.

– Veuillez m'excuser de cette interruption, Mlle Le Goff. Vous avez apporté à l'enquête un éclairage tout à fait nouveau. Je devais vérifier quelques éléments sans attendre. Reprenons, si vous le voulez bien. Nous en étions au moment où, arrivée devant la porte de l'appartement de Nolwenn, vous la trouvez ouverte. Que s'est-il passé alors ?

Marie reprit son récit :

– Je suis entrée. Nolwenn était là, seule, prostrée dans un fauteuil, le visage ravagé par les larmes. Lorsqu'elle m'a vue, elle s'est mise à hurler. Je suis entrée et j'ai fermé la porte par réflexe. J'ai voulu lui parler calmement : après tout ce n'est pas forcément une mauvaise nouvelle que d'apprendre que l'on est sœurs lorsque l'on a partagé de si bons moments. Mais elle a réagi en animal sauvage, un peu comme une louve à qui on retirerait son petit. Elle avait perdu de sa superbe, elle était physiquement différente, son visage était déformé, sa bouche montrait un rictus terrifiant. Sortant brutalement de son mutisme, elle m'a craché des injures à la figure. Après m'avoir humiliée, après m'avoir dit que jamais je ne pourrai lui voler son père, elle s'en est prise physiquement à moi. Elle m'a saisie par le revers de ma veste en brandissant une paire de ciseaux avec laquelle elle menaçait de me défigurer.

– Vous a-t-elle blessée ?

– Oui, très légèrement.

– C'est ce qui explique que l'on a retrouvé votre ADN sur les ciseaux.

– Puis elle a rugi en me crachant au visage que je n'étais que la fille de la putain qui avait séduit son père pour son argent et qui n'avait pas été assez futée pour se débarrasser

du fruit de cette faute. C'était la provocation de trop. À mon tour je me suis retrouvée dans un état complètement hors du sens. J'ai attrapé une corde qui se trouvait sur la table et je l'ai serrée autour du cou de Nolwenn. C'est cet état de rage incontrôlable, qui m'a donné la force de l'étrangler. Sans vraiment réaliser ce que je faisais, ni ce que j'avais fait, je suis repartie, comme une somnambule, en emportant la corde et la clef de la porte.
– Qu'avez-vous fait de la corde et de la clef, Mlle Le Goff ?
– C'est important ?
– Ce pourrait l'être.
– Je crois, sans en être tout à fait certaine, que je les ai jetées dans le container de l'immeuble de Mlle De Fontenelle.
– Est-ce vous, Mlle Le Goff qui avez écrit et envoyé le poème ? Les caméras du cybercafé vous ont filmée, le gérant a confirmé votre présence dans son établissement à ce moment. Mais Jules et Kevin étaient présents aussi. Ils auraient pu le faire.
– Oui, c'est moi. Je suis désolée d'avoir envoyé un texte d'une telle médiocrité, mais l'heure n'était pas à la recherche poétique. Lorsque je l'ai envoyé, ce n'était qu'une menace en l'air. Je n'avais pas le courage de parler à Nolwenn en face, alors j'ai envoyé ce texte. J'ai, d'une certaine façon, réalisé la prédiction.
– Mlle Le Goff, êtes-vous prête à signer vos aveux ?
– Oui.

Marie, soudain complètement abattue, n'ajouta plus un mot. Cette séance restera inscrite dans toutes les têtes. Les policiers étaient tous comme sous le coup d'un sortilège.

Personne ne parlait ni ne bougeait. Nul n'avait envisagé un tel scénario. Inculper cette fille courage semblait à tous presque un odieux sacrilège. Finalement, le vrai coupable n'était-il pas Pierre-Marie De Fontenelle ? Coupable d'avoir abandonné la femme qu'il semblait pourtant chérir et l'enfant qu'elle portait, coupable aussi d'avoir donné à sa fille une telle éducation. La sentence était lourde : la mort de son épouse adorée suivie de l'assassinat de sa fille chérie.

Toutefois la justice n'est pas là pour faire de la morale, mais pour faire appliquer la loi. Marie y avait contrevenu. C'est elle qui porterait la charge de cet acte. C'est elle qui dormirait en prison pendant plusieurs années.

Kevin fut le premier à être rappelé. Dès qu'il fut entré dans la pièce, il réclama la présence de son avocat. Il ajouta que, même sous la torture, il n'avouerait pas un crime qu'il n'avait pas commis. Décidément, c'était son leitmotiv. Les policiers attendaient patiemment qu'il en ait terminé avec ses outrances oratoires. Il se calma subitement et demanda le plus tranquillement du monde :

– Que va-t-il se passer maintenant ? Bien que je ne sois coupable de rien, si vous me gardez ici, je dois demander à quelqu'un de s'occuper de mon attraction sur la fête foraine.

– M. Debord, coupable de rien, c'est vite dit : vous avez une dette envers les ayants-droit de Mlle De Fontenelle. Pour autant, il a été établi que vous n'aviez aucune implication dans l'affaire qui nous occupe. Vous êtes donc libre.

Le forain ne se le fit pas dire deux fois. Il faillit même en oublier son ordinateur. Pascal courut derrière lui pour le lui rendre et lui faire signer l'imprimé de décharge.

Jules fut rappelé à son tour dans la salle d'audition. Comprenant les charges qui pesaient sur lui, il sentait arriver l'erreur judiciaire contre laquelle il ne pourrait pas grand-chose. Il était anxieux, tendu. Lorsqu'on lui annonça qu'il n'avait rien à voir dans cette sinistre affaire, chacun ressentit presque physiquement le soupir qui accompagnait son sourire. Il demanda quelques détails. Gildas prit sur lui de lui révéler la vérité :

– Vous l'apprendrez de toute façon, M. Bérard. En tant que coresponsable de l'orchestre, il est sans doute mieux que vous sachiez que Marie Le Goff a tué celle qui, depuis longtemps, n'était plus qu'une amie de façade.

À l'annonce de cette nouvelle, un moment de stupeur lui coupa momentanément le souffle, puis, quelques larmes coulèrent de ses yeux d'un bleu si profond. Il pleurait la mort de sa jeune collègue, mais aussi et surtout, il enrageait de constater que le destin restait décidément intraitable avec Marie.

Epilogue

Chacun retourna dans son univers, selon les cas, soulagé ou bouleversé par ce qu'il venait d'apprendre. Les trafiquants regagnèrent leur cellule. Paolo et Kevin retrouvèrent leurs manèges. Jules Bérard, manifestement très ému, rejoignit le théâtre. Apprenant la nouvelle, Aurélie resta dans la salle de repos. En effet il lui fallut une bonne dizaine de minutes pour digérer l'issue de l'affaire qui avait ébranlé tout l'orchestre.

Totalement mis hors de cause, Jules avait retrouvé sa place de premier violon dans l'équipe symphonique. Pourtant, comment donner la pleine mesure de l'œuvre prévue pour la création sans la harpiste ?

La compositrice, elle-même harpiste, avait écrit de très belles parties, de magnifiques solos, pour son instrument de prédilection. Elle refusa pourtant obstinément de s'installer au pupitre de harpe. Quel que soit le degré de culpabilité de Marie, la créatrice n'en démordait pas : pendant tout l'hiver elles avaient travaillé ensemble sur le projet. Son interprète connaissait toutes les subtilités de l'œuvre, il n'était pas question – et d'ailleurs pas possible – de la remplacer au pied levé. C'est aussi ce que pensaient tous les musiciens de l'orchestre.

Nul ne connaissait vraiment Marie, mais tout le monde l'aimait et dans un élan confraternel, avait demandé sa réintégration dans l'orchestre, au moins pour la durée du festival qui commençait demain. De toute façon, trouver un autre harpiste avant le lendemain relevait de la pure utopie.

On demanda l'arbitrage de Pierre-Marie De Fontenelle. A la lecture du procès verbal d'audition de Marie, le fier président s'était figé. Son passé lui explosait au visage de la pire des façons. Un volcan s'était réveillé, le monde, son monde, s'écroulait. Il demanda à réfléchir à ce qu'il venait d'apprendre. Il se retira dans son bureau. Après un long, un très long, moment de méditation, il revint au commissariat pour faire une proposition. Il avait retrouvé sa superbe, l'autorité en veilleuse. Il se trouvait, dit-il, confronté à deux responsabilités.

En tant que président du Festival Interceltique, il ne pouvait démettre l'orchestre de son rôle central. Cela aurait altéré considérablement le lancement de la nouvelle édition et risquait d'en déséquilibrer tout le déroulement.

Pour que l'orchestre puisse satisfaire au rituel d'ouverture, en jouant le programme prévu et travaillé depuis plusieurs semaines, pour que la presse se concentre, comme chaque année, sur les évènements et les artistes, pour que les festivaliers ignorent le drame pendant quelques jours encore, pour toutes ces raisons, Marie serait placée sous contrôle judiciaire, porteuse d'un bracelet électronique afin d'assurer son service jusqu'à la fin du festival. M. De Fontenelle s'était déjà arrangé avec les services concernés. L'affaire était réglée.

Mais il se sentait également une responsabilité vis-à-vis de la jeune femme qui avait pourtant assassiné celle qu'il pensait être sa fille unique. Il était comme envahi d'un sentiment de culpabilité envers celles qu'il avait abandonnées. Comment, alors que les deux filles étaient amies, n'avait-il pas remarqué que, depuis près de vingt ans, il demeurait dans la même ville que celle qu'il avait tant chérie et pourtant écartée au profit de sa carrière politique ? Il n'avait pas l'intention de se soustraire aux nombreuses questions qui se posaient à lui. Il avait réglé le problème de la musicienne, il s'occuperait maintenant, avec l'autorisation de Mme Le Goff, d'organiser la défense de sa fille.

Une cornemuse, au loin, faisait résonner « Amazing Grace ». Quelques étoiles, dans le ciel, semblaient se réunir pour former une « constellation du violon ».

Gildas, au bord de la mer, tenait la main d'Aurélie. La lune regardait d'un œil bienveillant, cet amour naissant.

À des milliers de kilomètres, un pianiste inconsolable mêlait ses larmes à celles de Frédéric Chopin dans « *la pathétique signification d'un tourment inguérissable et d'une blessure à jamais ouverte* ».

De la même auteure :